1.ª edición: octubre 1996

© Martín Casariego Córdoba, 1996
© Grupo Anaya, S. A., Madrid, 1996
Juan Ignacio Luca de Tena, 15. 28027 Madrid

Cubierta de Manuel Estrada,
sobre un dibujo de Pedro Casariego Córdoba

ISBN: 84-207-7514-2
Depósito legal: S. 812/1996
Impreso en Gráficas Varona
Polígono El Montalvo, parcela 49
Salamanca
Impreso en España - Printed in Spain

ESPACIO

Colección dirigida por
Norma Sturniolo

ABIERTO

ESPACIO
ABIERTO

Diseño y cubierta de
Manuel Estrada

ESPACIO ABIERTO

Martín Casariego Córdoba

El chico que imitaba a Roberto Carlos

ANAYA

No me ames por lo que fui, ni por lo que soy,
ni tampoco por lo que seré,
ámame únicamente por lo que no fui,
por lo que no soy, por lo que no seré nunca.

Pe Cas Cor

1

Os gusta escuchar historias? ¿Os gusta estar tumbados y que alguien cuente algo y que las palabras fluyan y vosotros no tengáis que hacer más esfuerzo que mantener los oídos abiertos? A mí sí, porque te olvidas de tus problemas y encima puedes sacar algo en limpio, alguna enseñanza que te sea útil, escarmentar en cabeza ajena, que es la mejor manera de escarmentar, como quien dice. Por eso, cuando mi padre me mandaba a por tabaco a Los Moscas, el bar de abajo, nunca me importaba, y a veces tardaba un rato en subir, porque me encontraba al Alicates, en la barra, contando alguna historia del barrio, como la del abuelo de la Dientes, el día en que nos robaron el partido y el Fénix se quedó sin ascender a Tercera, de eso haría ya veinte años, y al abuelo de la Dientes casi le matan, porque le confundieron con el árbitro, y tuvo que salvarle una pareja de la Guardia Civil, que entonces aún llevaba tricornio.

El tabaco siempre me lo daba la Chari, que era pequeñaja y chupada como un hueso echado al caldo, y siempre me miraba con desconfianza, como diciendo: tan jovencillo y ya con vicios, aunque sabía perfectamente que el tabaco era para mi padre, y además, con dos años menos que yo ya los había que fumaban. El Alicates decía que la Chari era fea pero honrada, y que ambas cosas muy a su pesar. Y si el Alicates estaba contando, por ejemplo, la historia del abuelo de la Dientes, u otra cualquiera, me quedaba un rato escuchando, y cuando volvía, mi padre me regañaba por tardar tanto, aunque normalmente me daba las vueltas de propina.

Pero la historia que os voy a contar no es la del abuelo de la Dientes, ni la del Alicates, ni siquiera la de mi padre, sino la de un negro que no era negro y la de un cabeza rapada que no era un cabeza rapada, y también la de dos amigos que hacían pintadas, y, sobre todo, la de un chico que era el hermano mayor de uno de ellos y que en los bautizos y en las bodas, cuando se lo pedían los mayores, los de cierta edad, cantaba canciones de Roberto Carlos. Tampoco es la historia de un loro verde, porque al final ni yo ni nadie nos lo compramos, por mucho que Sandra, la hermana de Alber, me lo dijera cada dos por tres. Qué pena, ¿verdad?, no tener un loro verde o rojo o del color que le diera la gana, un loro que no parara de hablar, porque entonces, si el tiempo es eterno, ese loro, como el mono que escribe a máquina, en algún momento contaría esta historia, o una mucho mejor, y yo podría escucharla, tumbado en la cama, amodorrado, dejándome invadir sin esfuerzo, con los ojos semicerrados y los oídos abiertos...

2

Sabéis cuántos años tenía yo entonces? Yo sí, y vosotros lo sabréis ahora mismo, porque os lo voy a decir: tenía catorce, un acierto de quiniela, dos semanas de años, uno menos que Alber, mi mejor amigo. Alber era tan español como yo, aunque su madre era negra, así que él era mulato. Todo el mundo en el barrio le trataba bien, porque había crecido allí, era uno entre otros, sólo que mucho más moreno, y qué más daba. Alber llevaba un pendiente en la oreja izquierda, el pelo de la nuca rapado y el resto largo, y decía que todos éramos iguales y que había que ser de izquierdas, porque sólo los de izquierdas se preocuparían por nuestro barrio. Le conocí en la radio, en la emisora pirata que montaba los domingos por la mañana, en la trastienda de la huevería de sus viejos. O mejor dicho, le conocía de antes, del instituto, pero en la trastienda fue donde nos hicimos amigos, por lo de la radio pirata. Alber ponía música, nada de bakalao, música que se podía cantar y escuchar, y entremedias lanzaba parrafadas para protestar contra la injusticia social, las guerras y las drogas, y se metía con los políticos, que según él mentían más que hablaban, y opinaba sobre Bosnia y alertaba sobre el desastre ecológico. Hizo algunos programas muy buenos, sin publicidad ni nada, y siempre empezaba igual: «El doctor Alber de nuevo con vosotros, si estás en mi onda y tienes algo divertido que contar o algo que denunciar, ya sabes...» Lo de doctor era un invento, claro, no teníamos ningún título de nada, bueno, sí, de E.G.B., y por no tener, Alber no tenía ni carné de identidad, porque decía que la documentación entorpecía las libertades individuales.

La radio se oía en nuestro barrio y no mucho más allá, pero aun así, un día vinieron unos municipales y confiscaron *sine die* el aparato, porque era ilegal emitir sin permiso. Alber y yo preguntamos que qué era eso de *sine die*, y resulta que nadie lo sabía. Puesto que de la radio nunca más se supo, dedujimos que significaba *para siempre*. Como Alber era menor, y yo también, no nos pasó nada, pero nos quedamos sin domingos por la mañana. Cuando nos cerraron el garito, empezamos a ir al palomar abandonado, al torreón. Allí fumábamos algún cigarrillo de vez en cuando, y allí decidimos empezar con lo de las pintadas callejeras, con lo de bombardear la ciudad, como decía Alber.

—¿Tú sabes por qué bombardeamos la ciudad? —me preguntó un día.

—No sé —vacilé unos instantes, desconcertado precisamente porque la respuesta me parecía tan evidente que la pregunta me sobraba—. Para divertirnos, ¿no?

—No. Para seguir protestando, ahora que ya no tenemos radio.

Alber estaba una pasada de concienciado, pero claro, es que todavía no se había enamorado, ni siquiera platónicamente.

3

Os quiero hablar de Risa. Risa tenía dieciocho años, y era... (ahora coged aire)... la chica de la que estaba enamorado el chico que imitaba a Roberto Carlos, mi hermano. Risa se llamaba Sira en realidad, pero mi hermano había barajado las letras y la llamaba Risa, porque decía que era fiesta y alegría, y no sé muy bien por qué decía eso, pues a menudo se ponía muy triste por ella. Nunca supe qué había habido exactamente entre ellos un año antes de todo esto, aunque fueron novios o algo así, seguro. Como nunca había tenido una novia, ni falta que me hacía, no entendía muy bien esos líos. Yo prefería estar con los colegas. Una vez leí sin permiso una nota escrita por él que decía: «La mujer que yo quiero tiene una luna en su sonrisa y un lunar en su espalda». Risa era de familia numerosa. Un hermano suyo había sido heroinómano, y se había contagiado de sida con una jeringuilla. Pero no murió de eso. Se mató en un accidente de coche, antes de empezar a desarrollar la enfermedad. Se llamaba Santos, y había sido muy amigo de mi hermano. Cuando empezó a engancharse, empezaron a separarse. El coche del accidente era robado. En el barrio se dijo que iba con mi hermano, que le había ayudado a robar el buga haciendo un puente. Mi hermano nunca me había contado nada de eso, y yo no lo creía. Lo que sí era cierto era que entendía de coches y de mecánica. Yo pensaba que el que Risa tuviera un hermano mayor que se había muerto le confería cierta superioridad sobre los demás, como si esa desgracia la hubiera hecho más sabia y más hermosa. Ahora sé que eso te vuelve, sobre todo, un poquito más triste.

En esa época en la que el chico que imitaba a Roberto Carlos y Risa eran novios o algo así, mi hermano me mandó a su casa con una carta para ella. Entregué en mano el sobre, tal y como mi hermano me había hecho prometer, y le pregunté si ella tenía un lunar en la espalda. Risa se rió de la pregunta, y dijo:

—Casi todas las chicas tenemos uno.

Desde la ventana de su dormitorio compartido, Risa veía la ciudad como si fuera un gran pueblo, con un bonito templo romano y, al fondo, un castillo. En ocasiones, imaginaba que de ese castillo bajaría su Príncipe Azul.

Risa tardó demasiado tiempo en comprender que ese Príncipe Azul vivía mucho más cerca, unas cuantas manzanas más allá de la suya.

4

No os voy a hablar de las clases, porque esto transcurrió en verano, durante los tres meses de vacaciones... ¡Tres meses de vacaciones, qué sueño me parece eso ahora! A principios del verano recogimos a Charli. Lo habían abandonado, y a mí me dio pena. Mi hermano y yo estábamos en la extensión de descampados y cultivos que querían recalificar, en el borde del barrio, donde el torreón y la vía del tren, y vimos un perro, que correteaba muy despistado, de aquí para allá. Nos acercamos, y vino hacia nosotros. Estaba muy flaco. Todo él era de color canela.

—Lo han abandonado.

—¿Cómo lo sabes? —pregunté.

No tenía collar, así que ¿cómo lo sabía? Por no tener, en esos momentos Charli no tenía ni nombre.

—Se nota. Es un buen perro, no es mezcla. Es un braco de Weimar. Tiene un año. Hay peña que se compra un perro, y cuando llega el verano, se cansa y no quiere llevárselo a la playa.

—Ellos sí que son perros —dije.

—Es un perro de ricos. Lo han soltado aquí, lejos de su casa, para que no encuentre el camino de regreso.

Lo acaricié y le cogí la piel del cuello. Le sobraba un montón, porque estaba en los huesos. Había algo así como angustia en su mirada.

—¿Y si nos lo quedamos?

Mi hermano hizo una mueca de fastidio. Era más alto que yo, me sacaba... media cabeza, casi una.

—¿Tener un perro en casa? No jeringues. Además, no creo que los mariscales de campo traguen.

—Está enfermo, mira los ojos, los tiene amarillos.

—¿Enfermo? De qué vas, son así.

—Hay que darle de comer.

—Que se busque la vida —dijo mi hermano.

Pero le estaba acariciando. A él también le daba pena.

—Le podríamos llamar Charly —dije.

—¿Charly? Qué horterada —se burló—. Un nombre extranjero.

Pero había sacado una cuerda del bolsillo de su mono azul de mecánico. Rodeó con ella el cuello de Charli, e hizo un nudo.

—Podemos llamarle Charli con i latina, y así es menos extranjero y menos hortera —propuse, animándome al ver lo de la cuerda—. Además, tú has dicho que es de Weimar, ¿no?

—Bueno —dijo—. A ver qué opinan Isabel y Fernando.

Volvimos con Charli sujeto por la cuerda, aunque nos hubiera seguido de todas maneras, yo ilusionado y mi hermano silencioso. Nos cruzamos con Sandra. La hermana pequeña de Alber tenía trece años, un grupo de desesperados y valientes, una mala suerte de años, y a mí me parecía guapísima.

—¡Eh, Sandra! ¡Mira! ¡Se llama Charli! ¡Es nuestro!

—¡Por mí como si te compras un loro verde! —gritó ella, y se fue corriendo.

Si yo hubiera ido solo, no se habría escapado así, tan rápido y tan nerviosa. Sospeché que a la hermana de Alber le gustaba mi hermano. No había derecho. Mi hermano gustaba a todas. Que se fuera a la mierda Sandra. Además, era un año menor que yo, así que para mí era una cría, ¿no? Pues venga, a cagar.

—¿Te gusta?

—No —mentí a medias. En realidad, era una mezcla: me gustaba y no me gustaba—. Es un poco tonta. Creo que me gustaría más si yo le gustara más a ella.

—Vaya —se sorprendió—. Veo que eres tú quien tiene que enseñarme cosas a mí.

5

Los mariscales de campo aceptaron a Charli a medias: nos lo podríamos quedar, pero en el terreno que teníamos, no muy lejos del palomar. Era una parcela muy pequeña y de tierra mala, sin apenas valor, porque en ella no se podía edificar.

—Cuando tengamos dinero —decía mi padre—. Cuando tengamos dinero y permitan construir, allí construiremos una casa.

Isabel y Fernando siempre decían: cuando tengamos dinero, pero nunca lo teníamos y yo no sabía muy bien cómo iba a ser posible que algún día lo tuviéramos.

En tres días levantamos una caseta de ladrillo para Charli, y si el verano anterior fue el de la radio pirata, éste fue el de las pintadas, pero también el de Charli y su caseta. Lo de llamarle Charli fue por la guerra de Vietnam. Los yanquis llamaban Charly a los vietnamitas, eso lo aprendimos Alber y yo en las películas, en *Platoon* y otras. Alber decía que Charly tenía la razón en esa guerra. Yo no lo veía tan claro y le pregunté a mi madre qué opinaba. Ella tampoco estaba muy segura, pero sospechaba que ninguno, y que de todas maneras ya no importaba mucho, porque esa guerra se había acabado y ahora las que importaban eran otras. También dijo que, de todas formas, cuando se peleaba un pequeñajo con un grandullón, ella casi siempre iba con el pequeñajo, a no ser que el pequeñajo fuera más malo que un demonio. Mi madre a veces me hablaba como si yo tuviera siete años. En cualquier caso, cuando Alber supo el nombre que le habíamos puesto al perro abandonado, Charli, se quedó la mar de contento.

Lo pasamos fenomenal esos tres días. Vallamos el terreno con una alambrada, aunque ya el primero Charli la saltó como si nada y nos siguió, por lo que tuvimos que amarrarle. Entre Alber y yo hicimos la caseta de ladrillo, y mi hermano nos echó una mano. El día que la acabamos y la pintamos de verde, una chulada, Sira vino a verla. Ella y mi hermano discutieron, y eso que llevaban tiempo sin verse, al menos, que yo supiera. Sira se fue sin despedirse de nosotros.

—Qué mal educada —murmuró entre dientes Alber, y seguro que si no llega a ser porque le parecía que Sira estaba muy buena, no le hubiera importado tanto que se hubiera despedido a la francesa.

Mi hermano venía hacia nosotros, y por eso Alber había hablado bajito, y cuando llegó a la caseta, le pregunté qué había pasado.

—Ella me ha decepcionado —dijo—. Y creo que yo también la he decepcionado a ella.

Ya he dicho que nunca supe muy bien qué había sucedido entre ellos. En el barrio se había propagado el rumor de que Sira se había quedado embarazada, y de que había abortado. Había dos versiones: una mantenía que era Sira quien había querido abortar, y otra, que mi hermano la había obligado. Pero eso era un bulo, estoy seguro. Y luego estaba lo del hermano,

Santos, y el accidente. Otro bulo, fijo. ¿Mi hermano, robando coches? Venga ya...

—¿Fuisteis novios? —pregunté.

—Unos meses. ¿Recuerdas la noche de los veinticinco billetes? Ese día, nos peleamos.

Se refería a un concurso en La Sirena, el año anterior. Fue la primera vez que mi hermano imitó a Roberto Carlos, y como a mí no me dejaban entrar, me lo perdí. Ganó el segundo premio, 25.000 calas, y también esto sirvió para que la gente del barrio se inventara sus chismes. Dijeron, por ejemplo, que ese dinero se lo gastó en el aborto de Sira. Habladurías. Sé muy bien qué hizo con él: se compró una Rieju 75 de segunda mano, negra con las letras amarillas, y la arregló en el taller en que trabajaba algunas horas semanales, cuando había curro atrasado y le necesitaban. En el barrio, mucha gente, sobre todo algunos de su edad, empezaron a burlarse de él y a decir, cuando él no estaba presente, porque delante no se atrevían, que era un maricón y un baboso, porque le gustaban esas canciones tan blanditas y tan horteras de Roberto Carlos, y Sira se puso a salir con el Maxi y su grupo, a quienes les gustaba el rock duro y se creían algo por eso, como si fueran muy especiales.

A mi hermano, sentado ante su escritorio, con la ventana abierta y un cigarrillo encendido o sin encender en la mano, mirando las mil luces de la ciudad, las naves industriales y los enormes depósitos cilíndricos, las burlas le resbalaban.

6

Os gusta hacer pis encima de un limón cortado, y que el chorrito amarillo casi parezca zumo de limón? ¿Os gusta? A mí no, y lo digo porque en los urinarios de Los Moscas, el bar del Seispesetas, hay limones cortados por la mitad, y da pena mear encima del limón, tan limpio y tan bonito y tan bien hecho y tan aromático, aunque ése sea precisamente el motivo por el que el Seispesetas lo pone en un meadero, su olor, pero a ver quién era el guapo que le decía eso al Seispesetas. Le llamaban así porque se pasaba de duro, y una vez, en La Sirena, o eso contaba el Alicates, sus colegas, por echarse unas risas, le llenaron de pis su jarra de cerveza, aprovechando que había ido a mear, y cuando regresó dio un trago y puso una cara un poco rara, pero luego se la terminó, y dijo, otra, pero ésta que sea Mahou si se hacen el favor, como en mi bar, y no una de esas mierdas importadas calentuchas que servís aquí, y todo el mundo partiéndose el culo, y él, ¿de qué os reís?, ¿de qué os reís? Uno de esos días que bajaba a Los Moscas a por tabaco para mi padre, entrevistaban en la tele a López-Alegría, el astronauta español. En el bar me encontré a Alber.

—Yo estoy muy contento de estar aquí, saludos, España.

—¿Y cómo es España desde arriba? —preguntaba la periodista.

—Desde el espacio, España es marrón.

—Pues desde aquí, España es un marrón —dijo el Alcanzas, y se echó a reír, se reía tanto de su ocurrencia, como si fuera la más feliz del mundo, que expulsó cerveza por las napias, y se atragantó, y comenzó a toser.

Yo solamente he ido una vez en avión. Fue cuando tenía siete años. Se había muerto un familiar más o menos lejano, y no lo digo porque viviera en las Baleares, sino porque era tía abuela segunda, o algo así, y nuestro tío rico nos pagó el viaje en avión a Mallorca. La distancia era poca en tiempo, una hora de nada, pero mi madre decía que las distancias se miden en pesetas, y que para nosotros estaba lejísimos. Recuerdo que desde el aire España se veía marrón, era verdad lo que decía el astronauta, pero es que fue en julio. En primavera, quién sabe, igual es más verde.

El Alcanzas hacía pareja con el Alicates, se sentaban a una mesa del bar y hala, venga a beber y venga a criticar y a hablar y a despacharse a gusto, hala, habla que te habla y bebe que te bebe. Al Alicates le llamaban así porque tenía las piernas arqueadas, aunque nunca había montado ni en asno, ni en congénere, como apuntaba sarcásticamente mi hermano. El apodo del Alcanzas venía de que, cuando llegaba tarde, decía: ¿cuántas cañas lleváis? Tres. Y entonces decía, tres cañas pamí, que así les alcanzo. Bebía más que un piojo, el desgraciado.

—Yo, que soy de Getafe... —empezó a decir el Alicates.

—Cuna de la aviación española... —se burló a mi oído Alber.

—...cuna de la aviación española, os digo que es muy difícil llegar tan alto en la vida como el López-Alegría...

En ese momento entró el Lanas, el nieto del Alcanzas. Parecía un cadáver andante, un zombi, todo escuchimizado y con ojeras. El Lanas había sido colega de Santos, el hermano de Risa que había sido yonqui. Santos decía que él controlaba, pero luego no controló nada, ni pizca. Todos los que en el barrio empezaban con las drogas decían que ellos controlaban, que eran los demás los que caían, pero que ellos no, eran más listos y más fuertes, y luego, a la hora de la verdad, no controlaban nada, y vivían una vida de mierda, y convertían la de quienes les querían en otra mierda. Todo eso me lo había explicado mi hermano, y él sabía de qué hablaba, porque había sido íntimo de Santos. El Lanas se fue derecho hacia su abuelo, se tropezó con un taburete, y como el Seispesetas le lanzó una mirada asesina, o por lo menos boxeadora, el Lanas lo recogió torpemente, murmurando una disculpa ininteligible.

—Estoy mu mal, abuelo.

—Pues no te voy a dar dinero.

—Un cigarro, sólo quiero un cigarro.

El Alcanzas le dio un Habanos, el Lanas lo encendió con una cerilla, se quedó un momento mirando alelado a su abuelo, a ver si se estiraba, y como el abuelo desvió la vista, se fue.

—Su hermano estuvo en los paracas y allí le enderezaron, pero éste... —dijo el Alicates—. La culpa la tienen los negros y los moros, que son los que venden esa mierda, y los gitanos...

—Siempre el mismo disco, siempre insultando a los negros y a los moros y a los gitanos —reconocí la voz profunda y a la vez suave de mï hermano, y me volví: estaba junto a la puerta—, pero los peores son los polacos: vienen aquí, no aprenden español, y dicen con desprecio que nosotros somos moros y africanos. ¿Pero sabéis qué? Los peores no son los polacos, ni los moros, ni los negros: los peores somos los que insultamos a los moros, a los negros o a los polacos, sólo por el hecho de serlo.

—¿Y tú cómo sabes eso de los polacos? —dijo el Alicates, que miraba rencorosamente a mi hermano.

—Porque me lo dijo en La Sirena una polaca segundos antes de besarme —repuso mi hermano, mirando de frente, a la pared, a nadie—. Y yo le dije: vamos a firmar un acuerdo internacional entre España y Polonia.

—¡Mentecato! —estalló el Alicates, odiando a mi hermano—. ¡Que me debes un respeto! ¡Los jóvenes van por ahí poniendo palos, y las niñas dejándose! ¡Vergüenza nacional! ¡Y algunas, luego, tienen que hacer cosas malas castigadas por la religión y por el Papa San Pedro de Roma! ¡Porque lo que ha hecho quien yo me sé es pecado capital y fuego eterno!

Mi hermano se dio la vuelta, dejó con calma cien pelas en la barra, y dijo:

—Mira, Seispesetas. No le parto los morros porque está mamao y porque es un viejo que no tiene ni media leche. Ni siquiera porque sea tu padre, ¿entiendes?

Me quedé impresionadísimo de que mi hermano hablara de ese modo al Seispesetas, y aún más de que el Seispesetas no le rechistara. Mi hermano giró la cabeza, miró al Alicates con infinito desdén, y salió.

Yo miré al Alcanzas y al Alicates con todo el desprecio de que fui capaz, y por si no fuera suficiente resoplé por la nariz, y salí tras él, seguido de Alber.

A mí, cuando contaba diez o doce años, el Alicates y el Alcanzas me impresionaban, y pensaba que
sabían mucho de la vida. Durante el último curso ya
habían empezado a caerme regular, porque veía que
muchas de las cosas que decían estaban envenenadas.
En realidad, no era que ellos hubieran cambiado, sino
que era yo el que, con catorce años, empezaba a cambiar, y a perder no sólo la inocencia, sino también el
respeto por las personas de más edad, cuando ésa
fuera la única razón por la que se lo tuviese.

7

Salimos a la calle. Mi hermano caminaba, unos metros más allá, las manos en los bolsillos, la cabeza inclinada.

No era huraño, pero sí solitario. Quiero decir que era simpático con la gente, pero habitualmente le agradaba estar solo. Eso le hacía más atractivo y misterioso, pero por la misma regla de tres, favorecía el que la gente inventara historias sobre él.

—¿Le oíste entrar?

—No —dijo Alber—. Tu hermano es un príncipe.

Fui corriendo hasta él.

—Eh —le dije—. ¿Es verdad eso?

—¿El qué?

—Pues...

—¿Cómo puedes dudar tú de mí, justamente tú?

Me sentí muy importante, pero también horrible, y bajé la cabeza.

—¿Crees que yo habría querido que Sira abortara?

Alber, que se había rezagado, se unió a nosotros.

—Hola —saludó.

Y como se quedara callado, dije:

—Alber quiere decirte algo.

Mi hermano aguardó unos segundos. Alber no se decidía a hablar, y se impacientó.

—Bueno, figura, que no tenemos toda la noche.

—Quiere pedirte la burra —intervine.

—¿Qué forma de hablar es ésa? ¿Te refieres a la Rieju? —A mi hermano le molestaba que la llamáramos burra. Había dos cosas a las que quería casi como si tuvieran vida propia: la moto y la máquina de escribir—. ¿Sabes llevarla?

Alber asintió con la cabeza.

—¿Es para ir de bombardeo?

Mi hermano clavó sus ojos marrones y brillantes como granos de café en los míos, y sentí algo muy raro, sentí que él sabía que sí, que era para eso y que me estaba pidiendo que le mintiera. Era absurdo, él sabía, y mientras sostenía su mirada comprendí que también sabía que yo sabía, y sin embargo, yo había de pronunciar la mentira que él esperaba para dejarnos la cabra, para salirnos con la nuestra. Él quería dejárnosla, pero como hermano mayor, no podía hacerlo si era para algo que pudiera entrañar algún peligro, por pequeño que fuera. Y me miraba a los ojos, o mejor, miraba a través de mis ojos, tan penetrante era su mirada, esperando que yo comprendiera todo eso, y la verdad es que no lo comprendía muy bien, no del todo, aunque sí sabía qué tenía que decir para que nos dejara la moto.

—No —dije.

—El martes podéis cogerla, yo no voy a usarla. Y cuidadito, Alber, que no tienes carné y a lo mejor tampoco tienes ni puta idea, y como os pase algo, la culpa será mía y vuestra a partes iguales.

Mi hermano se alejaba.

—Eh —gritó Alber. Mi hermano se volvió—. ¿Es verdad que cuando tenías nuestra edad levantaste algunos coches?

—He hecho algunas tonterías —respondió—, pero ésa no ha sido una de ellas.

Mi hermano se fue para un lado, Alber para el contrario, y yo subí a casa. Había tardado tanto en llevarle el tabaco a mi padre, que cuando se lo di, me miró muy serio, y sin pronunciar palabra se guardó las vueltas enteras. Mi padre, después de un accidente en moto, cuando tenía veinte años, se había quedado con una pierna un poco más corta que la otra, y por eso me mandaba siempre a por el tabaco.

8

Aquella noche me costó una eternidad conciliar el sueño. Hacía un calor del demonio y además estaba nervioso pensando en el martes. Nuestro piso se calentaba un montón porque era el último, y aunque aquella noche corría el viento, era un aire caliente que apenas aliviaba. Pensaba en la historia de los coches robados, ¿sería verdad? A eso de las doce, oí a Maldonado, gritando desde la calle hacia la ventana de la mujer de Castro:

—¡Qué suerte tu marido, bonita! ¡Qué suerte tu marido, feliz!

La mujer de Castro nunca contestaba. No era muy guapa, pero sí joven y con un buen cuerpo, un tipazo de artista, según la Chari. Castro era vendedor, y todos los años se ausentaba tres o cuatro veces por espacio de unos días, y en cuanto Maldonado se enteraba, hacía la ronda, y yo y otros vecinos escuchando, y Maldonado, nada, con su bigote y su barriga hinchada:

—¡Qué suerte tu marido, bonita! ¡Qué suerte tu marido, feliz!

Me levanté para beber un vaso de agua, y al pasar

ante la puerta del salón, que estaba entornada, me quedé un instante espiando a mis padres. Habían quitado el sonido de la televisión, porque había anuncios.

—Esto va a acabar mal —decía mi madre, y miraba acusadoramente a mi padre.

—¡QUÉ SUERTE TU MARIDO, BONITA! ¡QUÉ SUERTE TU MARIDO, FELIZ!

—¿Por qué me miras así?

—Esos versos... ¿No los escribiste tú? Me acuerdo muy bien, son tuyos, de juventud.

—¿Y qué culpa tengo yo, mujer? —protestaba mi padre, divertido.

—¿Cómo que qué culpa tienes tú? Me los escribiste a mí, ¿es que no te acuerdas? *Si algún día / con otro te casas / a tu balcón yo alzaré / un grito de triste pena: / qué suerte tu marido, bonita...*

—Claro que me acuerdo...

—¿Y cómo es que ahora los berrea ese bruto de Maldonado? ¡Tú nunca me los dijiste!

—Pero es que tú nunca te casaste con otro, mujer...

Me hubiera quedado más tiempo, pero un golpe de viento hizo que la puerta pegara un portazo que casi me parte las narices, y abrirla ya me pareció demasiado morro, así que volví a mi cueva. Antes de que pudiera dormirme, oí que mi hermano llegaba y entraba en su habitación. Empezó a escribir en su Olivetti roja, furiosamente. Se pasó toda la noche tecleando, y yo sin pegar ojo y muerto de curiosidad, ¿qué escribiría con tanta energía? ¿Versos, como los que por lo visto había escrito mi padre, versos de juventud, gritos de triste pena? ¿Aventuras con coches robados y persecuciones? Hacia las cuatro o así conseguí, por fin, dormirme.

9

E ran las ocho de la tarde, y aún había luz. Mi hermano había exigido, antes de prestar la Rieju, una prueba a Alber, y le estábamos esperando. Sonó el teléfono, y respondí. Era Sandra, preguntando por su hermano. Le dije que aún no había llegado, y se despidió con un adiós y con un beso. Yo estaba sorprendido y encantado. ¡Un beso! Aunque fuera telefónico, no estaba nada mal, ¿no? Cuando Alber llamó por el telefonillo, bajamos. Le miré pensando: si tú supieras...

—Siento el retraso —se disculpó—, pero mis viejos no me dejaban salir hasta que acabara las tareas...

Primero fuimos a recoger a Charli.

—Podemos aprovechar para llevarle la comida —dije.

—No —se opuso mi hermano—. Se la llevas luego.

Cuando llegamos, Charli se abalanzó como un loco encima de nosotros. Me manchó la camisa y los pantalones, y casi me tira de contento.

—A ver cuándo le lavas —dijo mi hermano, tras acariciarle y olerse la mano.

—No le gusta —repuse.

—Y qué. A mí tampoco, ¿no te fastidia?

Fuimos a unas calles de una urbanización a medio construir, por las que apenas había circulación. Habían empezado las obras sin licencia, y llevaban dos años paradas. Mi hermano colocó unas piedras, e hizo que Alber describiera eses, frenara en seco, sorteara unos palos y tomara una curva en una zona con arenilla.

—¿Ya? —dijo Alber, todo ufano.

—No —dijo mi hermano—. Falta la última prueba.

Sacó una loncha del bocata de salchichón que se estaba jamando, y se la puso a Alber entre la camiseta y el pantalón, y entonces comprendí lo de darle de comer a Charli después de la prueba de la moto.

—Mira, Charli —le dijo, sujetándolo por el collar que le habían regalado nuestros mariscales—. ¡Sal, Alber!

Alber aceleró y salió zumbando, y mi hermano soltó a Charli, que inició la caza como si le fuera la vida en ello, ladrando furioso porque su escasa comida se escapaba.

—Si se tiene que pegar una piña, mejor que se la pegue ahora —murmuró mi hermano.

Alber corría en la avispa que se las pelaba, y cuando metió cuarta empezó a distanciarse de Charli, que también corría como un loco. La calle se interrumpía abruptamente y el asfalto era sustituido por un terreno rico en desigualdades, Alber dudó, y pegó un frenazo. Vio que el braco se le echaba encima ladrando, bajó a toda prisa de la Rieju, la apoyó en el suelo, y, cuando acababa de coger la rodaja de embutido, Charli se le tiró encima y le derribó. Mi hermano y yo nos matábamos de risa. Alber se deshizo del salchichón como pudo y vino hacia nosotros, montado en la burra y seguido de nuevo por Charli, pero ahora más tranquilos ambos, el perro meneando el rabo tras haberse zampado la loncha y Alber sonriendo, porque sabía que se había ganado el permiso.

10

Os gusta escuchar el sonido del viento, su silbido triste, quejumbroso como un verso de amor marchitado o como el lamento de un viejo que llora a sus hijos? A mí sí, porque estás andando en medio de la calle, del ruido del tráfico, o en tu casa, con el televisor encendido, y de pronto te das cuenta de que suena el viento, y apagas la tele, porque es un rollo lo que estás viendo, y te sientes más unido a la tierra, más salvaje y también más puro, y si estás en la calle dejas de oír el ruido de los coches, y piensas que con un poco de suerte hubieras podido ser un pájaro, con un poco de suerte y unas cuantas plumas, claro. Yo, sentado en la parte de atrás, de paquete, con el viento dividiéndose en dos en mi cara, me sentía libre y salvaje, y me congratulaba de estar vivo y de ser amigo de Alber y de que fuera una noche de verano, y me parecía muy difícil ser más feliz de lo que lo era en esos instantes, cantando a pleno pulmón una canción de los Beck que Alber pinchaba con frecuencia en la época de la radio pirata, *Sooooy un perdedoooor, I'm a loser, babyyyy, so why don't you kill meeee...* Llegamos a nuestro primer objetivo, un muro de ladrillo semiderruido, nos bajamos de la moto y sacamos de la bolsa de plástico los *sprays*, las bombas. Como Alber pintaba mucho mejor, yo me limitaba a rellenar lo que él silueteaba, pero me lo pasaba igual de bien que si fuera yo el que hacía los dibujos, me resultaba igual de emocionante. Teníamos tres colores, rojo, amarillo y negro.

—Va a ser una pintada antibélica —me informó.

Con el negro realizaba siluetas de gente con los brazos en alto, clamando al cielo, o arrodillada, orando, o tirada en el suelo, gimiendo, sin piernas ni brazos, y un niño lloraba con una muñeca rota en la mano, y con el rojo y el amarillo pintaba las explosiones y la sangre. Era como el *Guernica*, pero con más colores y sin caballos ni toros. Alber pintaba muy bien, la verdad. Escribía fatal, y por eso había suspendido algunas asignaturas, por eso y porque no pegaba un palo al agua, pero dibujaba muy bien. Por suerte, lo que yo sabía hacer me permitía aprobar fácilmente, mientras que lo que él hacía bien —conducir la Rieju, pintar— no le valía de mucho. Ese curso había cateado tres.

—¿De dónde has sacado la pasta?

—Los he mangado.

Cada uno seguía a lo suyo, él dibujando nuevas figuras, o perfeccionando las que ya lo estaban, y yo rellenándolas.

—¿A quién? ¿A Flórez?

—Sí.

El muro tenía un aspecto cada vez mejor, yo disfrutaba y sin embargo no me hacía mucha gracia lo del robo.

—¿Te parece mal?

—Más bien.

Alber dibujaba ahora un árbol tronchado y medio

carbonizado, y ésa sería seguramente la última figura, porque ya apenas quedaba espacio para más.

—No seas intransigente —dijo, y se alejó unos pasos para observar la obra con una cierta perspectiva—. El fin justifica los medios, lo dicen las Escrituras.

A mí me sonaba a pegote eso de que lo dijeran las Escrituras, pero como no me sabía la Biblia de memoria, no podía rebatirle.

—Hay que protestar contra las guerras, ¿no? Está quedando niquelado.

Alber miraba orgulloso su obra, bueno, nuestra obra. Me puse junto a él. A mí también me gustaba mucho.

—¿O es que tú no estás de acuerdo?

—¿En lo de que está quedando perla?

—No, en lo otro.

No dije nada. De todas maneras, Flórez no se iba a arruinar por tres pulverizadores. Alber firmó el grafiti. Escribió su nombre con unas letras mayúsculas que se derretían, temblaban, desprendían gotas: era su firma de verano. En invierno era parecida, pero las letras eran azul claro, en lugar de rojas, y rectas, duras, congeladas, como trozos de hielo.

Cuando terminé de rellenar lo poco que faltaba de la pintada antibélica, escribí la mía: El Halcón. El nombre era muy chulo, la verdad, El Halcón, pero la firma no tenía más historia, porque no sabía dibujar bien. Eso me daba rabia. Alber cogió la bomba roja y dibujó al lado un corazón, y después escribió, con el amarillo: CARITA, TE AMO.

—¿Quién es Carita?

—Nadie —respondió—. Pero imagínate que alguien se llama Carita, y ve esto y le da un subidón, así nivelo haber mangado las bombas a Flórez, ¿no?

—Bueno —dije—. La verdad es que no sé quién demonios va a llamarse Carita...

—Eres un plasta, siempre poniendo pegas... ¿Por qué no te metes a cura o a profe? Eso tiene arreglo.

Alber escribió ahora, igualmente en amarillo: VANESSA, A TI TAMBIÉN.

Y me miró, encantado de su solución.

—Bien, ¿no? Vanessas hay por un tubo, no me digas... Sólo en nuestro curso hay dos...

—Sí, pero... ¿A quién le va a gustar eso? ¿A quién le gusta que le digan que le quieren a la vez que a otra? A ninguna chica, ni a Carita, ni a Vanessa, ni a nadie.

Alber me miró burlón.

—¿Y tú de dónde te sacas esas sabidurías, macho? Que yo sepa, no te has declarado a ninguna chorba.

—Simplemente, lo sé.

—Claro, de novelas y de películas.

Alber se sentó en la acera, y le imité. Me fastidiaba que fuera tan suficiente, ni que él fuera una autoridad en el tema. Había mordido una vez con una chica del instituto, sí, vaya cosa, tampoco había para tanto.

—De donde sea. Si se quiere a dos, eso es que no se quiere a ninguna...

—Bah —dijo Alber—. Eso son tonterías burguesas, prejuicios antirrevolucionarios. Si hay tías diferentes, ¿por qué no se va a querer a tías diferentes? ¿Por qué sólo a una?

Era una noche plácida, el viento se había ido a quejar a otro lugar, y la mitad de la luna resplandecía en el cielo azul oscuro.

—¿Y ellas?

—¿Ellas? —Alber permaneció unos segundos pensativo—. Ellas igual, claro.

—¿Y si fuera tu hermana?

—¿Sandra? Pues lo mismo de lo mismo, claro.

No sabía muy bien qué replicar, pero eso de querer a varias me parecía trampa.

—¿Y tú? —le dije—. ¿No me dijiste un día que tenías alma gitana y que sólo te enamorarías una vez?

—Bah —dijo Alber—. ¿Alma gitana yo? ¿De qué? Lo dije por decir. Soy medio negro, de calé nada. En todo caso tengo alma de Mozambique, que es de donde es mi madre. Bueno, ¿dónde vamos ahora?

Me levanté, cogí los botes y los agité.

—Están casi acabados.

—Pues sí que duran —comentó Alber—. Aunque claro, como para llorarle al Flórez, seguro que ya los ha echado en falta.

—Algunas firmitas sí que podemos echar por el camino.

—¡Eh! —dijo Alber, y señaló la esquina. En el asfalto, unas luces azules giraban—. ¡La pasma!

Alber arrancó, me subí inmediatamente, y salimos a todo gas. Cuando torcimos por una callejuela me volví, y comprobé que nadie nos seguía.

—Eh, tranqui, que no viene nadie.

Alber redujo la velocidad, y olvidada la tensión, nos reímos.

—Pero era la pasma, ¿eh?

¡Vaya si lo era! Y también lo era el coche que acababa de aparecer de frente, y que nos lanzaba destellos.

—Mierda —dijo Alber—. La cagamos.

Frenó, y nos bajamos del mosquito. La lechera se detuvo unos metros más allá, y de las puertas salieron dos municipales. Uno nos saludó, llevándose la mano a la gorra con evidente desgana, y el otro ni eso. Nos hicieron una seña para que nos acercáramos.

—Buenas noches.

—Muy buenas —contestó Alber.

—El permiso de conducir y los papeles de la moto.

La cagamos, pensé. Nos la requisan *sine die*, y cuando vean las bombas en la bolsa nos harán mil preguntas, y...

—Los llevo en la moto —dijo Alber.

Y me hizo disimuladamente un gesto para que le acompañara.

Fuimos hacia la Rieju, mientras los polis se quedaban junto a su coche, diez o doce metros más allá.

—Abre el sillín y saca los papeles —me ordenó Alber en un susurro—, y da dos pasos hacia ellos, y en cuanto arranque, te das la vuelta y te subes como si te hubiera picado un escorpión en el culo...

Mi corazón se aceleró. Abrí el sillín, le di la llave a Alber y saqué los papeles. Se los mostré a los polis y di un paso hacia ellos.

—¡Ahora! —gritó Alber, dando una patada a la palanca de arranque.

Me subí y salimos disparados, forzando las marchas a tope, haciendo un ruido que parecía que la avispa iba a descomponerse en mil tuercas y tornillos. Los munipas tardaron unos segundos en reaccionar, y se metieron todo lo rápido que pudieron en la lechera, pero les habíamos sacado treinta o cuarenta metros, y además tenían que dar la vuelta.

—¡Quítate la camiseta y tapa la matrícula! —gritó Alber.

Echándome sobre él para no caerme, me despojé de la camiseta e hice lo que me pedía. Oí la sirena. Alber dobló por una calle, se saltó un disco en rojo, una pareja que se disponía a cruzar nos insultó, y nos metimos por una prohibida.

—¡Les hemos despistado! —exclamó, triunfante—. ¡No vienen!

Era verdad: el sonido de la sirena se escuchaba cada vez más lejano.

Ya de camino al barrio, pasamos por debajo de un puente, y nos paramos. Él con el rojo y yo con el amarillo, llenamos el hormigón de mensajes de amor, de lo más patriótico por eso de los colores, aunque a Alber, la verdad, lo de la patria no es que le fuera mucho que dijéramos: afirmaba que las fronteras eran nuestras prisiones. DAVINIA, TE QUIERO. ANA, ERES LA MEJOR. A veces, nos contentábamos con escribir un nombre que encerrábamos en un corazón. Alber y yo nos reíamos como locos, nos parecía divertidísimo. Aprovechando que él estaba de espaldas al otro lado de la carretera y no me miraba, escribí, acordándome del beso que su hermana me había enviado por teléfono: SANDRA, TE ADORO.

Un Ibiza pasó a toda velocidad echándonos las largas y pitando, y Alber y yo nos pegamos cada uno a una pared del puente.

—¡Cabrón! —gritó Alber—. ¡Hijoputa!

Y le lanzó la bomba. Ya daba igual, porque estaba terminada y el Ibiza bien lejos.

—Bueno —dijo—. Emociones sí ha habido, aunque a mí lo que me molaría es pintar un vagón del tubo.

—¿Por qué?

—Porque es lo más, y total, si te pillan, como somos menores, no nos pasaría nada... Unos cuantos fines de semana limpiando pintadas, igual hasta tiene su rollo... Eso, si nos pillan —agregó, muy chulo, para recordar que acabábamos de burlar a los municipales.

Arrancó la 75, me subí, y regresamos al barrio, los dos cantando a grito pelado y desafinando como becerros, *Sooooy un perdedooor, I'm a loser babyyyy*, y cada uno pensando en sus cosas, yo, en que su hermana Sandra, ¿qué Sandra?, la mulata, vería con suerte la pintada con su nombre, y él, supongo, en que llenaba un vagón de metro de pintadas antibélicas, y los dos soñando, él, por ejemplo, con que en lugar de pasarlas putas ocho fines de semana seguidos fregando paredes, el alcalde le premiaba por su calidad artística, y yo, por ejemplo, en que el beso telefónico y treceañero de Sandra se convertía en un beso real e igualmente treceañero, y en que era un halcón veloz y certero que cortaba el aire como una saeta, y así llegamos al barrio, con el viento acariciándonos las mejillas y los brazos, y las estrellas velando por nosotros, la luna iluminándonos, *Sooooy un perdedooor*, y cuando ya estábamos cerca, dejamos de cantar, para que nadie conocido nos viera destrozar una canción, ensañarnos con ella.

11

Dejamos la cabra candada a una farola, enfrente de nuestro portal, donde solía aparcarla mi hermano.

—¿Hace un cilindrín donde el torreón?

—Hace. ¿Llevamos a Charli?

—No —dijo Alber—, que luego no hay quien le ate y es una ful.

Compramos por seis duros dos cigarrillos a Lucas, que estaba en su esquina, como de costumbre, aunque ahora, como era verano, no estaba muerto de frío, encogido, con su raída bufanda y las manos en los bolsillos de un abrigo de cuando la mili se hacía con lanza, sino en camisa de manga corta, tan a gusto, y fuimos andando hacia los descampados. Cuando llegamos a la hilera de torretas de alta tensión, nos detuvimos. De allí al palomar, campo a través, había unos dos kilómetros, aproximadamente. Teníamos que cruzar una vía de tren, pero era una vía muerta y no había ningún peligro.

—Preparados, listos... ¡Ya!

Los dos corríamos muy rápido, pero no todo lo que podíamos, porque había que reservar fuerzas para los últimos doscientos metros. Alber me aventajaba en un par de zancadas, y yo me esforzaba por seguir su ritmo y no tropezar o torcerme un tobillo. Intentaba distraerme para no sufrir, pensar en cosas, y de cuando en cuando echaba al cielo estrellado un vistazo, fugaz para no pisar mal, y pensaba en Gagarin dando vueltas por el espacio, y diciendo al retornar que no había visto a Dios, o en esa perra que lanzaron los rusos, Laika, y al principio los soviéticos iban por delante en la carrera espacial, pero luego los norteamericanos tomaron la delantera, recuperaron el terreno perdido y llegaron a la luna, y lo televisaron en directo, y mis padres lo vieron, qué suerte, de madrugada, pero yo todavía no había nacido, yo había sido testigo más bien de los desastres, el *Challenger*, y el *Ariane 5*, y los rusos, que no tenían dinero ya ni para hacer regresar a sus cosmonautas, y en eso iba pensando, hasta que distinguí la vía muerta, que marcaba más o menos la mitad del recorrido. Al oír que alguien se acercaba, la Remedios salió de detrás de uno de los vagones que casi eran chatarra, pero al reconocernos, se volvió. Iba vestida como en invierno, con minifalda y tacones.

—¡Que se os vais a matar un día!

—¡Adiós, Reme! —gritó Alber.

Yo no grité para ahorrar fuerzas, pero luego pensé que vaya tontería, Alber siempre me ganaba por unos pocos metros, y si apretaba un poco más, él se las arreglaba para sacar también más fuerzas y vencerme por la misma distancia, así que las pocas fuerzas que podría ahorrar no gritando no valdrían para nada.

—¡Adiós, Reme! —voceé, pero creo que no me oyó, porque ya estábamos algo lejos, y las dos o tres veces siguientes que respiré tuve que hacerlo abriendo toda la boca, como un lobo hambriento o como un tigre que bosteza o más bien como un pez fuera del agua, porque me faltaba el aire.

Alber acrecentó ligeramente el ritmo, como hacía siempre que traspasábamos la vía condenada, o la condenada vía, y yo corría mirando su espalda y el suelo, deseando que la carrera acabase de una maldita vez, y me puse a pensar en la Remedios, para no sufrir, para olvidarme del esfuerzo que hacía, y de que ya empezaban a dolerme el pecho y las piernas y a saberme la boca a sangre.

—Esos vagones —dijo Alber—, los voy a pintar un día para entrenarme para el metro.

No contesté, y continué pensando en la Remedios, en la vida arrastrada que llevaba, aguardando hombres allí, en la vía muerta, y trajinándoselos en el campo, entre la maleza, o en los vagones, a gusto del consumidor, en invierno y en verano, siempre con la minifalda, hiciera frío o calor, calma o ventisca, más pintada que el puente que habíamos llenado de mensajes de amor Alber y yo, mírala, ahí va la Reme con sus pinturas de guerra, como decía el cerillero, el Lucas, que luego se llevaba la mano a la boca y ululaba, uh uh uh uh, como si fuera un indio sioux, estaba grillado, el Lucas, y es que en el barrio había cada uno, al que no estaba loco le faltaban dos minutos, y la Reme con sus pinturas demandando y ofreciendo amor, pero no, no era amor lo que daba ni lo que pedía, no había amor allí, a orillas de los raíles oxidados e inútiles, abandonados, y ya habíamos dejado atrás a la Reme hacía un rato, así que restaba muy poco, el torreón cada vez era más grande, se agigantaba en la misma medida en la que mis reservas se empequeñecían, y Alber aumentó la velocidad, y paulatinamente, a pesar de mis esfuerzos, la distancia de dos zancadas se fue estirando hasta convertirse en tres, en cuatro, y el palomar se hallaba ya muy próximo, y mis piernas no me respondían, eran incapaces de aumentar las zancadas o de hacerlas más rápidas, más seguidas, quedaban sólo cincuenta, cuarenta metros, y ya había renunciado a ganar, ya no podría ser como los norteamericanos, que habían adelantado a los rusos en la carrera espacial, y me conformaba con terminar, Alber tocó con la palma de la mano el cerco de la puerta del torreón abandonado, y a los pocos segundos lo hice yo, y permanecimos un rato de pie, sin hablar, jadeando y escupiendo y recuperando el fuelle.

—Joder —dijo Alber—. Joder con la Reme... Debe de ser chungo ser putingui, ¿no?

—Más bien —convine.

Nos sentamos en unas piedras. En invierno solíamos meternos dentro, para resguardarnos del viento, pero en verano preferíamos estar al aire.

—¿Qué, los fumamos ya?

—Vamos a esperar un poco —dije—. He leído que respirando así, tras un esfuerzo, fumar es el doble de malo.

—Tú y tus lecturas —dijo Alber—. Un día se te va a poner cara de letra.

Ni a Alber ni a mí nos gustaba demasiado fumar, pero aquello era como un rito. Eran los únicos pitos que fumábamos. Mi hermano, en cambio, sí que fumaba, y Sandra también, a escondidas.

—¿Crees que aquí habrá escorpiones?

—Pues claro, y rinocerontes también.

Alber se levantó para mear, y tuvo el detalle, que no siempre tenía, de hacerlo unos cuantos metros más allá, y no en las paredes del palomar. Cuando vació la vejiga entró en el torreón, y salió con una botella de whisky.

—Mira lo que he encontrado —la agitó en el aire. Quedaba un culín.

—¿De quién será?

—Desconozco. Hay también unas mondas de mandarina, y un limón exprimido. Un yonqui, supongo.

Alber lanzó lejos la botella, que se partió al chocar contra el suelo.

—Bravo, bravísimo —aplaudí—. Así si un día nos caemos, ya tendremos con qué cortarnos.

—Vale, tío —dijo él—. Todo el día rajando de lo que hago, ¿qué te pasa?

—Bueno —cambié de tema para no pelearnos—. Tanto mensaje de amor, ¿ya has encontrado a la fea de tus sueños?

Alber tenía la teoría de que se iba a enamorar de una fea, porque las guapas, bien mirado, más que guapas eran vulgares, pues ¿acaso no se consideraba guapas precisamente a las que se lo parecían a todo el mundo? Es decir, el gusto más extendido, el más vulgar, era el que entronizaba a las reinas de la belleza, y, puesto que era de justicia admitir que en general la basca tenía un gusto regular, había que llegar a la conclusión de que las bellas eran en realidad feas. Alber decía que él estaba vacunado contra las tías buenas, y que por eso mismo Iciar y las de su calaña —Iciar era la maciza de nuestro curso— le resbalaban y le daban doscientas patadas, y si una de ellas se quedaba con él, lo llevaba mogollón de claro.

—No, todavía no —dijo, encendiendo su pitillo. Me arrimó la llama del fósforo y prendí el mío.

—¿Por qué? Han pasado ya unos meses desde tu teoría de las feas, ¿cuál es el problema?

—Creo que el problema con las feas —dijo Alber, pensativo—.... Con las *pretendidamente* feas —se corrigió inmediatamente—, es que hay demasiadas donde elegir...

—Ya —dije—. Por eso ahora te crees que te pueden hacer tilín muchas a la vez.

—Puede ser —admitió—. Aunque ahora me conformaría con una, la verdad. Para ir aprendiendo.

Di una calada más honda que las otras y me entró la tos.

—No sabes fumar —se burló Alber.

En la tibieza de la noche se oyó un maullido, seguido de otros.

—Es una gata —dijo Alber, tras escuchar detenidamente—. Y a lo mejor se la están... —hizo un gesto obsceno con dedos de ambas manos—. Ya sabes, como a la Remedios...

Acabamos los cigarrillos a una, y aplastamos las puntas contra una piedra.

—Qué, ¿volvemos?

—Sí —dije—. Pero andando.

Iniciamos el regreso.

—¿Y a ti? ¿Te mola alguien?

Estuve a punto de confesar que su hermana, pero me lo pensé mejor.

—Sí —dije—. Esa estrella que brilla tanto. Es Venus. Me he enamorado de Venus, la diosa del amor.

Después de esa parida tan gorda, seguimos caminando en silencio. Venus, lejana, inalcanzable como todas, brillaba más que ninguna.

En la distancia se oyó el ladrido de un perro que no era Charli.

47

12

E ran las doce o así, y estaba desayunando, porque en vacaciones sobaba todo lo que quería y
más, y luego me quedaba un rato en la cama,
remoloneando o leyendo cómics o novelas, y por
eso mi madre decía que mis sábanas tenían más pe-
gamento que la fábrica Uhu de Alemania. Esa mañana había estado leyendo *Orzowei*. La próxima vez
que corriéramos al palomar, ya sabía en qué iría
pensando: en Orzowei con la piel teñida de blanco,
corriendo incansable por la sabana, con su trote mo-
nótono y constante, huyendo de sus perseguidores.
Como Alber había pringado en tres asignaturas, por
las mañanas se quedaba estudiando en su casa, o
más bien mirando las musarañas, o matando moscas,
y yo andaba un tanto despistado, porque la mayoría
de mis amigos estaban veraneando con sus familias
en Alicante, o en Torremolinos, o en La Manga, o en
cualquier sitio con playa. Mi hermano entró en la cocina.

—Madrugando, ¿eh?

Ni contesté. Eran mis vacatas, ¿no?

—¿Tienes algo que hacer esta mañana?

—No gran cosa —me encogí de hombros, reservándome una salida de urgencia, porque aquello atufaba a recado, y si era un recado especialmente brasa, lo iba a hacer su tía.

—¿Puedes llevarle esto a Risa?

Me mostró un sobre azul.

—Es posible —dije, con cautela, y quedándome más quieto que un buzón—. ¿Qué me das a cambio?

—Cien pelas. Y si no, un picahuevos, elige.

—Las cien pelas.

—Anda, toma —me dio la carta y una chocolatina—. Que me sales más caro que Correos.

Terminé la magdalena y el vaso de leche, y bajé a la calle. Enseguida, me asaltaron unas ganas terribles de leerla. Abrí el sobre, y leí:

Tu amor es un sueño
—pesadilla que siempre temí—
y el recuerdo de tus besos
no me deja dormir.

E interrumpí la lectura, porque repentinamente me acaloré y pensé que leer eso era una canallada, y que si mi hermano se enteraba, nunca más iba a confiar en mí. No podía llevar el sobre así, roto, porque se notaba que había sido abierto y me moriría de vergüenza al entregárselo a Sira, así que entré en un estanco. Sólo tenían sobres blancos. Por si acaso compré uno, que me costó quince pelas, y proseguí mi camino. Ya estaba cerca de mi destino, y en la esquina había una papelería en la que vendían cartulinas y sobres de colores. Antes de entrar, me crucé con el Maxi y tres de su pandilla. Vestían, para variar, camisetas negras y zapatillas de deporte, la mar de originales. Al pasar a mi lado chasquearon la lengua, como si yo fuera un chucho o una vaca. Seguí mirando al frente, haciéndoles el mismo caso que si fueran escarabajos, aunque me hubiera gustado partirles la cara y el corazón había empezado a latirme más deprisa. Oí risas a mis espaldas, pero no me volví. No era un cagueta, ni un cobarde ni un gusano ni nada de eso, pero ellos eran cuatro, un póquer de comemierdas, y mayores que yo. Maxi y el Volteretas tenían diecisiete años, y los otros dieciséis, así que eran 66 años contra catorce, demasiados para mí. Si hubieran sido 66 años y una sola persona, 66 años juntos, mis catorce habrían tenido alguna posibilidad, pero divididos así, entre cuatro, caer en las provocaciones hubiera sido una tontería. Hay que tener sangre fría, como los lagartos y las serpientes, me dije, y seguí andando, aunque me hubiera gustado liarme a tortas, enfrentarme a ellos, tan valientes. Entré en la papelería, y aunque los sobres azules que tenían no eran idénticos al de mi hermano, se parecían bastante, así que compré uno, veinticinco púas me clavaron. Llamé al telefonillo de Sira, dije que traía un mensaje cuando me preguntaron quién era, y subí.

13

El piso de Sira era como casi todos los del barrio, modesto y más bien canijo, si se tenía en cuenta que a Sira le quedaban cinco hermanas y un hermano. Me recibió la madre, que era gorda y bajita, en bata y pantuflas. La madre de Sira hablaba a gritos, como si yo estuviera al otro lado del patio.

—¿Qué se sirveee?

—Traigo esto para Sira.

—¿A veeer?

La madre extendió hacia mí la mano, pero yo no me decidía a confiarle la carta, porque mi deber era entregársela personalmente a Risa.

—¿Está Sira?

Entonces, inclinándose hacia atrás, Sira asomó la cabeza por la puerta del baño. Se estaba peinando. Tenía una melena castaña espesa y muy limpia, preciosa, y yo me imaginaba que así era la melena de las sirenas. No me extrañaba que medio barrio estuviera coladito por ella. Alber no, claro, Alber ni de coña, por la teoría esa de las guapas y las feas. Lo que sí me extrañaba era que esa señora gorda y gritona hubiera tenido una hija como Sira, aunque claro, el resto de las hermanas eran unos callos, y entonces me extrañaba menos.

—Ah, eres tú... —dijo Sira, sin sorprenderse demasiado—. ¿Qué te trae por aquí?

—Una carta —dije, agitando en el aire el sobre azul, y me imaginé que el sobre azul era un halcón peregrino que quería volar para posarse en el hombro de Sira y que no podía porque yo lo sujetaba, pero no lo solté, porque sabía perfectamente que el sobre azul no era un halcón y se caería a mis pies en cuanto dejara de agarrarlo, y me tendría que inclinar para recogerlo, y vería entonces las pantorrillas de la madre de Sira, y no me apetecía nada verlas, porque eran gordas y con moratones y varices, y mejor no mirarlas.

Sira salió del baño y vino hacia mí. Llevaba un chándal y una camiseta negra. Era la primera vez que la veía con una camiseta así. Antes, decía que el negro era muy triste y que sólo había que ponérselo en los entierros.

—¿Es de quien yo me imagino?

Me imaginé a quién se imaginaba, e hice un gesto como diciendo: perla. La expresión de Sira se tornó más seria.

—¿Me esperas abajo cinco minutos?

Y sin aguardar respuesta, se metió corriendo en el baño. Yo había pensado decir: ¿Y qué me das a cambio?, pero nada, por no darme, no me había dado ni tiempo a decir eso. La madre salió detrás de ella.

—¿Y no le ofreces nadaaa? Pero qué educación que tieneees...

Y me escapé pitando, antes de que la madregorda me ofreciera algooo.

14

El Lobo Rosario estaba en la calle, merodeando alrededor del portal. Me senté en una jardinera, pensando que esos cinco minutos de Sira serían lo menos diez, y de pronto sentí un calor muy intenso en el culo y pegué un bote. Miré y vi una colilla humeante en la tierra. Mis vaqueros tenían una quemadura. El Lobo Rosario se echó a reír, y al hacerlo mostraba unos dientes negros, eso, en los lugares en que los tenía.

—¿Sabes, quillo? —me dijo—. No lo apagué porque no me salió del culo, te jodes.

Después, se volvió hacia arriba, y gritó:

—¡Sira, cariño, baja ya, corazón, que ya me sale barba!

Lo de Lobo se debía a que era muy peludo, y lo de Rosario se lo habían puesto para que se librara de la mili. Iba siempre con pantalones de lunares ceñidísimos, marcando paquete cosa fina, y con camisas de flores, pero ni por ésas olía a flores, sino más bien a tigre o a lobo. Tenía patillazas y un aro en la oreja, y una cadena de color oro sobre esos pelos negros de los que tan orgulloso estaba, tanto que hasta en in-

53

vierno llevaba un par de botones desabrochados para que se le vieran, y era el maqui más macarra del barrio, pero a ver quién era el guapo que le decía algo, porque tenía trece antecedentes por robo y agresiones, doce más uno, como decía él, cuidadito, quillo, y había estado ocho meses en la cárcel, mal rollo el trullo, como decía él, chungo-chungo, aunque te encuentras mogollón de colegas y alguna risa te echas. A su hermano el Ronchas lo había matado la policía, y cada vez que veía un madero o alguien pronunciaba esa palabra, el Lobo Rosario escupía en el suelo, y decía: Por éstas...

La madre de Sira se asomó al balcón.

—¡Que la Sira nostá, que se fue pal centro comerciaaal!

Me quedé encantado de que al Lobo Rosario le dieran bacalao, y lo del pantalón me fastidió menos.

—Mecagüendiós —murmuró. Y luego, a voces—: ¡Pues pallá voy, suegra!

Lo de suegra no se lo creía ni él. El jincho se fue, con sus andares apresurados y marcapaquetes. Iba como a saltitos y medio de puntillas, a lo mejor porque era bajito y le gustaría ser más tocho. Al poco bajó Sira. Traía un sobre rosa. Vaya por Dios, suspiré, ¿no lo podía haber escogido blanco? Porque ya estaba pensando que, para ayudar a mi hermano, sería conveniente leer también la respuesta de Sira. Me fijé en que no estaba cerrado. Sira se llevó el sobre a la boca.

—No lo cierres —dije—. Luego se rompe al abrir, y es una pena, tan bonito...

—Claro —dijo, con una sonrisa maliciosa—. Y así lo puedes leer, qué espabilado.

—No sé qué te has pensado —protesté—. Lo digo por ti, la cola sabe a rayos y además es venenosa.

—Ya —se rió—, pero yo estoy inmunizada.

Con la lengua humedeció el borde, y lo cerró.

—Dale esto a tu hermano, y dile que me deje en paz.

Sira me sonrió y se metió en el portal, y yo en la papelería. Los sobres rosas también costaban cinco duros, así que de las cien, me había gastado 65, valiente negocio. Cuando ya estaba suficientemente alejado como para que mi indiscreción quedara en secreto, abrí el sobre rosa, y leí:

> *Te voy a hacer sufrir*
> *porque me has hecho llorar.*
> *Y te voy a hacer llorar*
> *porque me has hecho sufrir.*

Di la vuelta a la hoja, porque traicionar a Sira me parecía menos traición que traicionar a mi hermano y pensaba leérmelo todo todito, pero no había nada más. Cambié el sobre, y fui hacia mi casa, haciéndome mil preguntas y mirando los árboles y las nubes que se desperdigaban por el cielo, blancas y perezosas.

15

Entregué el sobre a mi hermano, que leyó la carta sin que su semblante denotara ninguna emoción. La introdujo de nuevo en el sobre, y dijo:

—Gracias.

Puso su mano sobre mi cabeza, y me removió cariñosamente el pelo.

—Qué largo lo tienes, deberías ir pensando en cortártelo.

Me fui a pasear a Charli, y me crucé con Sandra. Me acordé de lo del beso telefónico, y eso me procuró valor.

—¡Eh! —dije—. Como Alber por las mañanas tiene que empollar... He pensado que podrías acompañarme tú a la pisci el viernes...

Sandra me miró sonriéndome con los ojos.

—¿Sabes qué?

—Qué —dije, esperanzado.

¿Y si me dice que le molo? ¿Y si me dice eso y sale corriendo y yo voy tras ella y le digo que ella también me mola a mí y que no me importa que sea un año menor?

—¡Que mi religión no me lo permite y que mejor te compras un loro verde!

Y se fue, corriendo y riendo.

Es una niña, me dije furioso, es más niña que todas las cosas, tiene trece años y parece que tiene once o diez.

Charli se puso nerviosísimo cuando me vio, y estaba tan deseoso de verse libre que no paraba de dar saltos y moverse, dificultando que le soltara. Cuando lo hice, empezó a correr por el campo a toda mecha, iba y venía, pasaba a mi lado y ladraba, y yo me reía y le llamaba para acariciarle, y él venía y se dejaba acariciar durante unos segundos, para enseguida marcharse de nuevo y echar más carreras. Cogí un palo y lo lancé, y Charli salió disparado y me lo trajo en la boca. Se lo quité, y repetimos el juego varias veces. Por fin me cansé, y le até a la argolla de la caseta.

Por la tarde, mi padre me envió a por tabaco, y bajé a Los Moscas con Alber. El Alcanzas, el Alicates y otros dos que tal bailaban, bebían y jugaban al dominó.

—Fumas cada vez más —me espetó la Chari—, te vas a quedar canijo como las pulgas.

—Si no es para mí —dije, algo harto, siempre la misma canción.

—¡Un trago de cerveza para el señor, que ya es mayor y sabe lo que se quiere! —gritó el Alcanzas al Seispesetas.

El Alcanzas y compañía habían terminado una partida. El Alicates reanudó uno de sus cuentos, reales o inventados, lo mismo daba.

—El caso, como os decía, es que en un convite se levantó para brindar por la hembra por la que bebía los vientos, y entonces la otra se puso como un tomate, y se fue corriendo hacia él y le abrazó como una huérfana y le plantó los morros, y entonces él no osó decir que no era ella, y así fue que se casó con la hermana de la hembra que quería, y el vivir tiene esas cosas raras y disconformes, que no siempre la gente se arrejunta con quien quiere, pero, como digo yo...

—El que pierde una mujer, no sabe lo que gana —me susurró Alber al oído, mientras la Chari me daba el tabaco.

—...el que pierde una mujer, no sabe lo que gana. Y vosotros —se dirigió a Alber y a mí, que inmediatamente enfilamos la salida—, arrapiezos, que aún no tenéis barba y os creéis que sabéis algo y os acabáis de caer del nido como quien dice...

—¿Tu hermana es de alguna religión especial? —le pregunté a Alber, ya fuera del bar.

—¿A qué viene eso? ¿Lo dices por mi madre? —me miró medio mosqueado—. Somos igual que vosotros.

—Ya...

—Pues entonces.

Estuve a punto de mandarle a tomar por culo, pero me controlé. Qué neuras, el tío.

—Anda, vamos, que mi padre estará esperando.

Y subimos a llevarle el tabaco.

16

Os gusta ir por la calle, y sorprender a una chica mirándoos, y que se sonroje y aparte la vista? A mí sí, porque piensas que le gustas y te sientes elegido, distinto y privilegiado, sientes que la gente puede quererte y hacerte caso, y por un rato caminas más erguido y más alegre y optimista, hasta que ya ha pasado suficiente tiempo desde que la chica te ha mirado y se ha ruborizado, y entonces te deshinchas un poco y vuelves a andar normal, ni sacando pecho ni cabizbajo, como siempre, relajado. Por la mañana había acompañado a mi madre a hacer la compra, y fue a la entrada del supermercado cuando me crucé con Sandra, que se sonrojó al saludarnos.

—Ésa era la hermana de Alber, ¿no?

—Sí. Se ha puesto roja al verme, ¿te has fijado? —dije, haciéndome el milhombres.

—¿Roja? Con lo morena que es y lo lejos que estaba, muy buena vista tienes que tener, de halcón. ¿Roja, dices?

El gesto materno de duda me fastidió.

—Sí, roja —me obstiné, aunque ya no estaba tan seguro.

Además de la comida, compramos unas sábanas enanitas para el niño al que bautizaban, el sobrino de Maldonado, y durante un rato no dije ni pío, un poco picado con mi madre.

Por la tarde, mientras los hombres de la casa esperábamos a que la mujer terminara de arreglarse, encendimos la tele para pasar el rato. Era uno de esos programas en los que van haciendo preguntas a la peña por la calle, y uno de los encuestados resultó ser el Alicates. Preguntaban juegos de azar, y el Alicates respondió:

—El ajedrez.

Todos nos echamos a reír, incluido mi hermano, y cuando paramos, mi padre dijo:

—En realidad tiene razón, porque si ése gana alguna vez una partida, será por puta suerte.

Y todos a reír otra vez. Mi madre salió del baño.

—Qué bien ese vocabulario —dijo—, así da gusto.

En ese momento sonó el teléfono, y lo cogí. Era Sandra, preguntando por Alber.

—No está —dije—, pero hemos quedado en La Cigarra.

Mis padres me obligaban a tragarme el bautizo, si luego quería tragarme los pasteles: o todo o nada, había dicho el mariscal de campo, pero Alber pasaba de ir a la iglesia, porque los curas eran retrógrados y antirrevolucionarios, así que nos habíamos citado en el restaurante en el que se daba el convite.

—¿Pues sabes qué te digo?

—Que tu relig...

—¡Que ayer me compré un loro verde!

Y me lanzó un beso antes de colgar.

—¿Quién era? —se interesó mi hermano.

—La hermana de Alber.

—Qué pesada, es la segunda vez que llama.

—¿De ti se despide con un beso?

—No.

—Pues de mí sí.

Yo juzgaba que la revelación era de lo más impactante, pero nadie me hizo ni caso. A una hormiga se le habría prestado más atención, y no te digo si hubiera hablado. La familia, a veces, es como para clavarse puñales.

De nuevo sonó el teléfono, y de nuevo contesté yo. Era Maldonado, preguntando por mi padre.

—Papá —dije, tapando el teléfono—, es Maldonado, para ti.

—Qué querrá ése ahora —refunfuñó mi padre—. Dile que ya he salido.

—Cómo eres —dijo mi madre, reprendiéndole exclusivamente por estar en su papel delante de nosotros, porque en realidad le parecía muy bien que diera esquinazo al pelma de Maldonado, y se le notaba a la legua.

Maldonado y mi padre trabajaban juntos en una oficina. Mi padre estaba ahora de vacaciones, y por lo visto Maldonado no se las manejaba bien solo, y eso que en verano había mucho menos que hacer, y que ya no era precisamente un crío.

—Ha salido —dije.

—¿Para el bautizo?

—Sí.

—Bueno, pues adiós, majo.

Y me lanzó un beso que sonó muac. Me quedé de piedra, en serio. ¿Sería maricón, el tío?

17

Hacía bueno, pero vaya cosa, estábamos en julio, y en julio, lo bueno sería que lloviera, pero así es el idioma y la fuerza de la costumbre, para que nos entendamos, hacía un sol de justicia y un calor de muerte. La iglesia pillaba cerca, y fuimos andando, mi padre y mi madre delante, agarrados del brazo, él con su bastón y ella con su bolso, y mi hermano y yo, las crías, detrás, silenciosos casi todo el rato.

—¿Va a ir Sira?

—¿Sira? —pareció sorprenderse—. No creo, ¿por qué?

Me encogí de hombros.

El bautizo fue un rollo. Al niño le pusieron Aarón, qué fácil de pronunciar, menudo acierto. Supongo que era para que fuese siempre el primero por orden alfabético, porque si no, ya me dirás. Era feísimo, parecía un sapo, y todas las señoras diciendo huy, qué mono, qué rico. Había mucha gente conocida: el Alicates y el Alcanzas, con trajes oscuros, muy serios y respetuosos, Maldonado, sería sinvergüenza el tío, y mucha más gente.

El banquete, en cambio, fue muy movido. Había comida en abundancia, calamares a la romana, sándwiches, tortillas y de todo, y una orquestilla. La basca estaba muy alegre, de fiesta, bailando y bebiendo, y los niños pequeños correteando de aquí para allá y berreando y poniéndose perdidos con los pasteles de nata y recibiendo azotainas por esto y por aquello, y por lo otro también. Había una niña de seis años que tenía un chupa-chups que daba vueltas, traído del extranjero. Un niño un poco mayor se lo quitó y la niña se puso a berrear a diez mil decibelios, y parecía las sirenas de Londres alertando de un bombardeo aéreo, los respectivos padres casi se lían a guantazos y la orquesta, muy profesional, siguió a lo suyo, como si nada. Por ahí andaba también el Curri, que se había rapado la cabeza al uno y que era de nuestro instituto, aunque un curso mayor. Su padre tenía un bar, y un año le habían cateado por poner en un ejercicio campos «en berberecho» en lugar de «en barbecho» y había sido una injusticia, o eso rajaba él, porque seguro que le habían cargado por muchas cosas más. El Curri estaba últimamente muy raro. Se había hecho amigo de unos tíos con menos seso que un mosquito, que por lo visto eran nazis, y el último trimestre había pasado cantidad de ir al instituto. Luego nos enteramos de que, antes del incidente, al ver a Alber, había comentado que qué pintaba un negro en el bautizo de su primo. El Alicates andaba por ahí dándose pisto, diciendo que había salido en la tele y que la chiquita de la entrevista le había dicho que daba requetebién, de cine, pero que él había rechazado una oferta de aparecer en más programas porque para él lo primero era el barrio. Daría pena, si no fuera tan imbécil, y más pena daba ver a dos tontorrones escuchándole muy interesados, como si ese payaso fuera alguien importante, y eso es lo que tenía mi barrio y su gente. Yo le había contado a Alber lo del ajedrez, y cuando pasamos a su lado y oímos las fantasmadas que estaba soltando, Alber dijo:

—El mejor juego de azar del mundo, el ajedrez, ¿verdad, Alicates?

El Alicates le miró cabreado, aunque no dijo nada, y Alber hurgó en la herida.

—Le han sacado en la cajatonta como ejemplo de burrada, muy bien ha dejado al barrio.

El Alicates se puso como un tomate, más rojo todavía que Sandra cuando se cruzaba conmigo.

—¡Que te calles he dicho! —estalló, y si hubiera tenido una pistola o un mosquetón, seguro que se arma la de San Quintín.

—¿Qué dice de unas calles? —se burló Alber.

—¡Que te calles, bicho!

—¿Pero de qué calles habla?

El Alicates avanzó dos pasos para propinar una hostia a Alber, pero los dos señores que estaban con él le sujetaron y le dijeron que no valía la pena, que la juventud, ya se sabía, y Alber se escabulló, muerto de risa. Se había pasado un kilo, pero como yo tenía al Alicates una manía tremenda desde que me enteré de lo que iba diciendo por ahí de mi hermano, encontraba que toda burla que se le hiciera sería poca. Mi madre y mi padre estaban con Maldonado, Castro y su mujer, que tenía un tipazo de artista, como decía la Chari, de cabaretera, vamos, y el Maldonado ahí, como si nada, con toda la pachorra del mundo, qué sangre fría, y yo pensé para mis adentros, cualquier día se arma, menudo pájaro, el Maldonado, un día le corren a gorrazos, tirando los tejos a la mujer de Castro y luego lanzando besitos a menores, porque yo, aunque ya era bastante mayor, era menor a efectos legales, y por eso lo de las pintadas no me asustaba tanto, y el Maldonado ahí, menuda jeta, ése iba a todo, tenía que comentárselo a Alber, pero mejor no, porque si le decía lo del beso me entrarían unas tentaciones horribles de contarle que Sandra también se despedía así de mí, y Alber muy liberal, sí, y el amor libre y todo ese rollo, pero veríamos qué le parecería cuando fuese su hermana la que se metía en el ajo. Maldonado me vio y me saludó con la mano, menudo jeta, sería maricón el tío. La orquesta abordó *Macarena*, y todo blas se puso a bailotear y a vociferar el estribillo y a dar palmadas, los viejos y los no tan viejos y hasta los chiquillos, y la gente se veía alegre y borrachilla, y aquello marcó el momento cumbre de la fiesta. Sira llegó en ese momento, y ni que decir tiene que estaba muy guapa, y mi hermano, que no se lo esperaba, palideció, y luego recuperó el color y fue hacia ella. La orquesta, después del despendole de *Macarena*, atacó un bolero, para que la gente recuperara el aire y no le diera un infarto a alguno de los viejos pellejos que habían bailado como descosidos, muy profesional, la orquesta, y unas parejas se pusieron a bailar. Mi hermano sacó a Sira, que al principio se negó, pero que terminó aceptando a regañadientes porque mi hermano no se daba por vencido, y de continuar el sí-no, te-arrastro-me-resisto, aquello acabaría en escenita, y Sira odiaba las escenitas tanto como él, o eso afirmaba mi hermano. El cantante abandonó inesperadamente la tarima, y la orquesta, muy profesional, siguió como si nada. Mi hermano y Sira bailaban lentamente, se miraban como enamorados y sus bocas cada vez estaban más cerca. El cuñado de Maldonado, el paganini, el papá de Aarón, se acercó a ellos, muy oportuno.

—Me ha dicho tu madre que podrías cantar.

—Bueno...

—Sólo dos canciones, o una, por favor. El cantante se ha sentido indispuesto. Venga, márcate un punto.

Mi hermano tenía un defecto muy grande: le costaba un mundo decir que no a la gente.

—Está bien. Pero sólo dos canciones.

Ni siquiera dijo: Pero sólo una canción.

—Se agradece.

El cuñado de Maldonado sonrió a Sira y se fue. Quien no sonreía era ella. Mi hermano decidió jugar fuerte.

—Hay un beso en el aire, Risa —dijo—. ¿Por qué no lo pillamos?

Ella dudó un instante, sus labios parecían una fresa a punto de entregarse, y de pronto, se separó de él. El bolero terminó en ese momento, y Sira se encaminó hacia la salida. Mi hermano vaciló unos segundos, y fue hacia la tarima. Subió al escenario, y comenzó a cantar *Namoradinha de um amigo meu*, mirando hacia Sira, que se había quedado en la puerta. A ella no le gustaba la música melódica, pero tenía que reconocer que el único del barrio que tenía una voz bonita era él, el chico que imitaba a Roberto Carlos.

Y el chico que imitaba a Roberto Carlos estaba desesperado, aunque sólo yo lo supiera. Amaba a Sira, y había algo que Sira no le perdonaba, aunque yo no sabía qué. Quizá él le había hecho algo, o ella le culpaba de la desgracia de su hermano Santos, o tal vez ambos eran orgullosos hasta la estupidez y no daban su brazo a torcer por alguna tontería, quizá precisamente porque él imitaba a Roberto Carlos y eso le hacía el centro de las burlas de los amigos de Sira, de Maxi y compañía, de los Z-Z Paff, que tocaban *heavy*, a lo mejor para disimular que no tenían ni puta idea de cantar ni de tocar, y a lo mejor ella y él habían convertido aquello en una cuestión de principios, ella: Si me quieres, no vuelvas a hacer el ridículo imitando a Roberto Carlos, y él: Si me amas, ¿qué te importa lo que digan tus amigos? El caso es que ella no caía, no sé si por eso, que son suposiciones mías, pero lo que uno supone, a veces, es cierto, o si porque ella pensaba que, en caso de volver con él, él pasaría de ella, que la quería precisamente por eso, porque era dura, porque le mantenía a raya, porque no se dejaba conquistar. Fuera como fuere, ella pasaba de él, pero manteniendo viva la llama de la hoguera, como ahora, cuando casi se habían besado, y a él le resbalaban las muchas chicas que le miraban arrobadas, como esta que, a mi lado, y con las manos juntas, le adoraba con los ojos, embobada, mientras él cantaba *se os dois souberem nem eu mismo sei o que eles vão pensar de mim, eu sei que vou sofrir mais tenho que esquecer*, que se le insinuaban, que le querían. El chico que imitaba a Roberto Carlos estaba sufriendo como un cerdo últimamente, aunque eso sólo yo lo sabía, porque era muy orgulloso y lo ocultaba, lo disimulaba, pero yo era su hermano y el techo que nos cobijaba era el mismo y de mí no siempre se podía esconder, y yo le veía mirando en silencio por la ventana y le oía por las noches teclear como un enfermo, y sabía que apenas dormía y que estaba como loco, tenía reacciones extrañas, no se concentraba y hablaba a solas con Charli, la semana anterior había estado deprimido un par de días y había sido incapaz de ayudarme a colocar una balda, yo le veía sufrir como un cerdo, su corazón revuelto y agitado, y ahora, en el bautizo, cantando la segunda canción a la que se había comprometido, *El progreso*, mientras decía eso de *yo quisiera ser civilizado como los animales*, se sentía indómito y fiero, a punto de explotar detrás de su voz dulce y acariciadora y tensa a la vez, detrás de la melodía quejumbrosa y suave y nostálgica, y bajo su apariencia tranquila había hambre de lobo y furia de hambre, pero eso únicamente Sira y yo parecíamos intuirlo, y yo sabía que si fuera un león de aspecto manso el domador que hubiera metido la chola en las fauces abiertas que cantaban *y ballenas desapareciendo por falta de escrúpulos comerciales*, si un domador hubiese introducido confiadamente la cabeza, digo, se habría quedado sin ella, y todo el público del circo huyendo horrorizado, y el griterío, y en cambio allí estábamos todos nosotros, los invitados, escuchando embelesados, y al mismo tiempo yo dándome cuenta de que en aquella actuación había mucho de tragedia, de rebeldía y dolor, y la chica que estaba a mi lado con las manos juntas y los ojos cerrados, casi en trance, enamorada sin esperanza, y un minuto antes de que acabara la canción, Sira se fue. Mi hermano acabó de cantar y salió a la calle. Alber vino a mi encuentro.

—Canta bien —comentó—. Pero tienes que reconocer que eso que canta es una horterada.

Alber sabía portugués, y una vez me había traducido entera la canción de la novia del amigo.

—Bueno —dije—. Sobre gustos no hay nada escrito.

—Joder —suspiró—. Me cae guay, pero podría cantar... No sé, otras cosas más actuales, eso es para momias, reconócelo.

Entonces se acercó el Curri, con cara de mala leche, y éste es el incidente al que antes aludía.

—Eh, tú, lunar.

Se refería a Alber, porque era medio negro, como en el chiste: ¿Es usted negro? No zeñó, e un luná. Se refería a su color, no a que hubiera estado en la luna, o cerca, como López-Alegría.

—Como sigas aquí dentro de diez minutos, te saco a hostias. Mira que te he avisado, ¿eh?

El Curri se fue. Estaba muy agitado, y seguramente había bebido o inhalado alguna mierda. Alber estaba muy serio.

—Mejor nos vamos —dije—. Total, esto está ya matado.

Efectivamente, los músicos estaban recogiendo sus trastos, la comida que sobrevivía estaba salpicada de huesos de aceituna, colillas y bebidas derramadas, y mis padres se despedían de sus amigos. Mi madre me hizo un gesto para ver si me quedaba o me iba con ellos, y yo, con otro, respondí que les acompañaba y que me esperaran un segundo.

—¿Qué le pasa a ése? Antes no era así, está loco.

—Sí —dije—, está raro.

—Es porque mi madre es negra, ¿verdad?

—Supongo. No te pillarás un marrón por ese idiota, ¿no?

—Claro que no —Alber me sonrió con esa sonrisa tan cálida que tenía, más de ojos que de dientes—. Además, me he enamorado.

—¿Estaba aquí la fea?

—No es fea. Mañana, más. Adiós.

Alber se fue, y me reuní con mis viejos, muy intrigado por lo del amor de Alber, y sintiéndome mal por lo de mi hermano y por lo del cabrón del Curri. Tal vez a Alber no le esperaran buenos tiempos. Y yo, desde luego, tendría que estar a su lado.

18

Os gusta pensar qué haríais si os tocara la lotería o si acertarais quince en las quinielas? A mí sí, me entretiene mogollón, pero no cinco o seis kilos, pienso que me tocan quinientos o mil, y la verdad es que me los gasto a manos llenas, los dilapido, los millones se me van tan rápido como vinieron, invito a Alber a un viaje humanitario forrado de pelas para repartir por allí para que la gente pueda sembrar y tener agua, y le pongo una radio guapa en una nave con permiso para emitir y todo, y a mi hermano le compro un cochazo que lo flipa y a mi padre le pago en el extranjero, o aquí, si aquí hay especialistas tan buenos como fuera, una operación y la pierna le queda como nueva, y a mi madre le regalo una casa con un jardín que parece un bosque y con una piscina que parece un lago y con una televisión que parece una pantalla de cine, se la regalo pero luego nos vamos a vivir todos allí, y en eso iba pensando, mientras corría detrás de Alber, mientras me esforzaba por seguir su ritmo, iba pensando en otras cosas para no pasarlo tan mal, llegamos a la vía férrea, la Reme nos saludó, como siempre, y le devolvimos el saludo, y entonces en vez de desviarnos un poco en diagonal, hacia la derecha, hacia la lomita sobre la que se elevaba el viejo palomar, lo hicimos hacia la izquierda, para ir al minivertedero de enseres y muebles abandonados, y cuando ya me había gastado todos los millones y tenía todo lo que se puede querer, todo lo material, claro, y todos tenían su operación y su radio y su casa y su coche y Sandra su loro verde que hablaba tres idiomas y que era un caso único en el mundo, empecé a pensar en Orzowei con la piel teñida de blanco, huyendo de sus perseguidores, y por fin vimos a unos doscientos metros las lavadoras tiradas de mala manera, y las camas y los armarios destrozados, las butacas rajadas, y Alber aceleró y yo lo mismo de lo mismo, para ver si por casualidad le ganaba, pero nada, Alber no desfallecía y aunque aceleré empezó a sacarme ventaja poco a poco, hasta que llegó diez metros por delante de mí. Después de recuperar el fuelle, nos sentamos en los sillones desfondados, tan desfondados como yo. A lo lejos, la ciudad, difuminada por el aire algo turbio de aquella tarde, se extendía naranja y blanca, silenciosa, decaída o enferma, y no sé por qué me imaginé que Alber y yo éramos dos reyes derrotados, agotados tras la huida, tomándonos un descanso y viendo nuestras posesiones perdidas, nuestras huestes vencidas, como en el romance del rey Rodrigo tras la batalla de Guadalete, ayer villas y castillos, hoy ninguno poseía.

—Bueno —dije, cuando dejé de ser rey destronado y volví a ser un chaval de barrio—. Dispara. ¿Quién es?

—Estaba en el banquete.

—¿La Dientes? —dije, incrédulo.

La Dientes era fea, sí, y por ese lado encajaba en las teorías de Alber, pero es que encima era medio lela, y me costaba creer que a Alber le gustara.

—No.

—Pues... ¿Quién más había? ¿Esa que escuchaba a mi hermano embobada?

—Tampoco. Sira.

—¡¿Qué?!

Era lo último que me imaginaba. Bueno, lo penúltimo. Lo último hubiera sido la Reme.

—Pero si tiene dieciocho años, pringado. Tú y yo ni existimos para ella. Bueno, yo sí, por mi hermano. Y además, ¿ya has dado la espalda a tu teoría de las feas? Porque Sira es guapa, no lo negarás.

Me pareció que Alber estaba como una cabra. ¿Qué posibilidades tenía? Ninguna. Que yo supiera, no había cruzado ni tres palabras con ella.

—Sí, está buena —convino—, pero lo mío es un amor platónico.

—¿Qué quieres decir? —le miré como si estuviera loco.

—No me mires así.

—No te he mirado de ninguna manera.

—Verás —dijo, no muy convencido, pero aparcando lo de la mirada—. Un amor platónico es cuando te enamoras de alguien a quien casi no conoces, con quien nunca has hablado, y sin que la otra persona lo sepa. Solamente la ves, y entonces, como quieres saberlo todo de ella y no sabes nada, te inventas historias y te imaginas cosas, y antes de sobar piensas en ella, y también cuando vas en burra o hueles una flor o cuando corres, como ahora. Yo he venido pensando en ella todo el rato, y así la carrera se me ha hecho mucho más corta.

Vaya, pensé. Así que él hace lo mismo que yo, mientras corre va pensando en otros asuntos, para distraerse.

—Y de pronto, un día, te das cuenta de que te has

72

enamorado platónicamente, y a veces es mejor que sea así y que nunca conozcas a la piba, porque en caso contrario, puedes llevarte un chasco. Si la besas el amor deja de ser platónico, sobre todo si es en la boca. Así que si no me la ligo, casi da igual, ¿entiendes?, porque mi amor seguirá siendo puro.

—¿Entonces es bueno enamorarse platónicamente? —le pregunté, mitad interesado, mitad pensando que estaba de la olla.

—Pues todavía no lo sé, pero ya lo estoy, así que qué le vamos a hacer. Sira estaba triste ayer, ¿te fijaste?

No contesté. Alber se quedó pensativo, mordiéndose el labio inferior.

—En los amores platónicos la tristeza suele ser un punto importante. ¿Sabes? Los amores platónicos son los más puros que existen.

—¿De dónde te has sacado todo eso?

—De una novela de vaqueros —Alber evitó mi mirada, un poco avergonzado.

Alber leía unas novelas baratas de vaqueros que a mí me parecían bastante regulares, pero no sé por qué se avergonzaba de eso. Yo creo que nadie se tiene que avergonzar de lo que hace, a no ser que haga mal a alguien. Y desde luego, nadie perjudica a nadie por leer, lea lo que lea. Nunca me había burlado de él, así que no entendía qué era lo que le apuraba. Una vez nos mandaron como tarea escribir una redacción. La de Alber era sobre Bala de Plata, un pistolero medio negro al que un sacamuelas le puso como diente una bala de plata, y desde entonces le llamaban Bala de Plata, no por las de su pistola, porque las de su pistola eran de plomo. Pero el diente de plata puede reconvertirse en bala, y el pistolero está buscando al matón que violó a su madre y a su hermana. Cuando le encuentra, se quita el diente y le

73

mete un balazo de plata en el corazón. Al muy bicho sólo se le podía matar así, porque había hecho un pacto con el demonio y las balas de plomo le atravesaban sin hacerle daño. Le pusieron un 4, porque la historia molaba, pero no estaba muy bien redactada y tenía algunas faltas de ortografía.

—¿Tú crees que le importará a tu hermano?

—No creo —dije.

Estuve a punto de añadir: Además, no tienes ni media posibilidad, pero me ahorré la humillación.

—¿Sabes? —dijo, cambiando de tema—. Ayer me pasé por el torreón, y había una jeringuilla manchada de sangre.

La ciudad, al fondo, languidecía, perdía color, se adormilaba, y nosotros, mudos, sentados en el viejo sillón desvencijado y casi inservible, con los muelles al aire, retorcidos y oxidados, volvíamos a parecer dos vagabundos tomándose un respiro, o dos reyes destronados. Una tijereta empezó a recorrer mi pantalón, y con el índice le di una toba, intentando lanzarla al suelo, pero calculé mal, y la espachurré. No me importó mucho, ni tampoco la mancha en el pantalón, pero hubiera preferido no haberla matado. Pensé en lo raro que era todo, en lo cerca que estaba la muerte de la vida, y cuando una segunda tijereta siguió los pasos de la primera, tuve más cuidado al lanzarla al aire con el dedo.

19

Anochecía. Cada uno regresó por su lado, Alber atajando por Cerro Descalzo, que tenía el inconveniente de que había que atravesar un sembrado, pensando, supongo, en su amor platónico, y yo pasando por la caseta de Charli, y pensando en él y en mi hermano y en Sira. Solté a Charli, y cuando se cansó de correr, o más bien, cuando me cansé de verle correr, le até a la argolla y le dije adiós, y fui hacia mi casa. En el cielo semicubierto unas nubes muy blancas y más pequeñas que las otras, como fantasmillas o volutas de humo, hacían una extraña danza: giraban y después confluían en un punto, se fundían, permanecían unidas un instante, y luego se separaban, para repetir el mismo movimiento. Me imaginé que algo así sería lo que vieron los Reyes Magos, y que debajo del punto en que se unían ocurría algo mágico, aunque no, por descontado, el nacimiento de Jesús: por ejemplo, Alber cavilaba sobre su amor platónico, que se convertía en esas nubes, o mi hermano y Sira se besaban, y el cielo celebraba la reconciliación, o, tal vez, una madre pensaba en su hijo, del que no tenía ninguna noticia desde hacía años.

Más tarde me enteré de que en la azotea de La Sirena habían instalado unos focos, y aquella noche los estaban probando. Iba abstraído, pensando en mis cosas y en las nubes bailarinas, que en realidad eran luces de La Sirena, y en los amores platónicos, cuando una voz me sobresaltó.

—¡Eh, tú, tronco! ¡Acércate aquí!

Una figura oscura, a unos veinte metros, me hacía señas para que me aproximara. Vi que había cuatro o cinco más. No me había fijado antes porque no había luna, y además estaban sentados y semitapados por una suave ondulación del terreno. Cuando me aproximé, dos de ellos se pusieron en pie, mientras que el resto permaneció sentado. Eran el Maxi y compañía. Me alegré de que no estuviera Sira. Quien sí estaba era la Nati. Se había teñido de rubio platino.

—¿Tienes papel?

—¡Hombre, pero mira quién es! Éste qué va a tener —dijo otro, despectivo.

Me di la vuelta, dispuesto a proseguir mi camino, pero una frase cortó el aire como un cuchillo y se clavó en mi espalda.

—El hermano de la mariconcita, la Robertita Carlita.

Me di la vuelta, y procuré hablar clara y tranquilamente:

—¿Quién es el bocas que ha dicho eso?

—¿Por qué no te haces una macoca, majo?

—¿Por qué no se la haces tú a tu madre, gilipollas?

—Como te vuelvas a sobrar, te voy a dar una patada en el cacas que te vas a enterar, tontopolla.

Me había puesto chulo porque eran más y mayores, pensando que ésos eran motivos suficientes para que no me curraran. Ahora comprendía, quizá demasiado tarde, que precisamente ésos eran los motivos por los que estaban dispuestos a currarme: porque eran más y mayores. Así de simple. Así de crudo. Todos estaban de pie, y formaban un amenazador semicírculo. Pensé en salir corriendo. Descarté la idea, no por miedo a que me llamaran cobarde, que me importaba un pimiento, más cobardes eran ellos, sino porque podrían darme caza, y entonces sí que nada ni nadie me libraría de una buena zurra.

—Si lo veis ayer cantar en el bautizo, os claváis puñales.

—De qué hablas, Nati, si tú no estabas.

Nati tenía la mirada un poco ida, como de alucinada, y los labios pintados de morado macabro. Llevaba vaqueros rotos, camiseta blanca y cazadora vaquera. Estaba enrollada con el Cenutrio, aunque de vez en cuando se lo hacía con Maxi. Decían que ella y el Cenutrio habían empezado a tontear con el caballo. Yo no entendía a la peña: con la de ejemplos que había en el barrio, el Lanas, Santos, el hermano de Risa, y tantos otros, y aún había gente que hacía el memo de esa manera. No me entraba en la cabeza, de verdad.

—Sí estaba.

Ahora que se había teñido de rubio, era mentirosa hasta en el pelo.

—No te vi.

—Pues ponte gafas. Todo amariconado, cantando esas babosadas.

—*El gato que está...* —cantó el Cenutrio, burlándose, haciendo gestos de loca—. Tiene tela, tu hermanito. No me extraña que Sira se escape cada vez que le ve.

—Claro, para jugar a las muñecas ya tiene a sus hermanas.

—Sois todos unos mierdas —dije, rabioso—. No sois ni la mitad de hombres que él, panda de mierdas.

El Maxi avanzó dos pasos hacia mí, y me dio un empellón en el pecho. En la cazadora llevaba prendida una chapa con tres lobos negros subidos a una peña, aullando a una enorme luna roja.

—Cállate, niñato, que contigo no va.

Era más alto y más fuerte que yo, y encima tenía tres años más y estaba acostumbrado a pegarse, pero estaba tan furioso que todo eso me lo pasaba por la pata de abajo.

—¡Cállate tú! —casi chillé—. ¡Te crees muy valiente pero no me das nada de miedo!

—Tu hermano es maricón —dijo uno de ellos, Tasio, creo.

—Maricón tú, gilipollas.

Todos a una dieron un paso hacia mí. El Maxi extendió los brazos, para que no le adelantaran.

—Cierra la boca —dijo—, o te vas a llevar un recuerdo.

Le empujé. Entonces él me golpeó en la cara. Lo vi todo negro y caí, pero porque resbalé, no por otra cosa. Habría llorado de rabia si no hubiesen estado ellos delante. Me levanté y me abalancé sobre el Maxi, casi sin ver. Lancé dos puñetazos que se estrellaron contra sus brazos, y cuando iba a lanzar el tercero, recibí uno en pleno rostro. Me caí otra vez, pero no me dolió nada y me levanté. Entonces el Cenutrio me sujetó por detrás. El Maxi no había querido hacerme daño, más bien al contrario, había querido protegerme de los demás. Me había pegado con desgana, casi por obligación, para no perder la autoridad en su grupo, lo justo para mantenerme a raya y que el resto no se ensañara conmigo, pero todo eso lo pensé más tarde. En ese momento estaba tan ciego que lo habría matado.

—¿Qué le hacemos?

—Nada —dijo el Maxi. Era el más legal de todos—. Pero no le sueltes todavía, porque entonces sí que habría que hacerle algo.

El Cenutrio me inmovilizaba con tanta fuerza que me hacía daño en los brazos y la espalda.

—Mierda para vosotros —dije—. Ser valiente no es pegarse, ser valiente es escribir poesías y cantar en público aunque los demás te llamen babas. Ser valiente es hacer y decir lo que se piensa y ser el mismo por separado que cuando se está en grupo. Ser valiente no es lo que sois vosotros.

—Chachi —dijo el Maxi—, ya está tranqui, suéltale, Cenutrio.

El Cenutrio me soltó, y lo primero que hice, en cuanto me vi libre, fue pegarle un puñetazo que le hizo dar con sus huesos en el suelo. Y no sé qué hubiera sido de mí, si en ese momento no hubiese aparecido mi hermano montado en su Rieju, campo a través como si montara un caballo, y por mucho que la cabra fuera de trial y tuviera buenos amortiguadores no se veía un pijo, aunque bueno, él era medio mecánico y sabría lo que hacía. El zumbido de mosquito se fue acercando. La luz del faro iluminaba el suelo, las estrellas o a nosotros, según los baches que iba cogiendo, y se detuvo cuando estuvo a cinco metros. El Cenutrio, contenido por el Maxi, me miraba rabioso. Mi hermano apagó el motor.

—¿Qué pasa aquí?

—Te llamaban maricón —dije.

—¿Y por eso tanta bulla? He conocido a maricones que valían más que todos éstos juntos, así que ese insulto no es tal, lo cojo y me lo quedo. ¿Algo más, Maxi?

—Contigo no va la parrillada.

—Qué valientes sois de cuatro en cuatro.

Mi hermano me hizo un gesto para que me pusiera a su lado. Entre todos nos currarían, fijo, pero mi hermano les infundía respeto. Me di cuenta de que, al contrario que yo, sabía manejar la situación: conservaba la calma, y aunque mantenía una actitud valiente y firme, medía sus palabras para no caer en la provocación más burda, que dejara a los otros sin otra manera de salvar la cara que el enfrentamiento puro y duro, la pelea a tortazo limpio. Justo al revés que yo.

—Cinco —intervino Nati—. ¿O a mí no me cuentas?

—No. A ti no te cuento.

—Entonces tampoco te cuentes a ti, nenita.

Todos rieron.

—Qué mala suerte la tuya, Maxi. Para una rubia que te ligas, y es de bote.

El Maxi dio un paso. Estaban frente a frente, mirándose sin bajar los ojos, envueltos en la negrura de una noche sin luna. Pensé que justamente eso era lo que buscaba mi hermano, dejar aparte a los demás, convertir el enfrentamiento en un uno contra uno, en una cuestión personal entre él y Maxi.

—No es la única chorba a la que le he comido la oreja últimamente.

—Ya —dijo mi hermano, impasible, aparentemente casi distraído—. Supongo que te refieres a Sira.

Delante de ellos no quería llamarla Risa.

—Bingo.

—No soy su padre —dijo mi hermano—, así que tiene mi permiso para hacer lo que le dé la gana. Incluso para meter la pata hasta el fondo. Bueno, aquí hay dos que se van.

Mi hermano arrancó la 75.

—Un momento —dijo el Maxi—. Antes, el enterado de tu hermano ha largado una charlita muy emocionante sobre qué es ser valiente.

—Sí, se nos saltaron las lágrimas —dijo uno de esos mamones, ni Tasio ni el Cenutrio, el otro, el Volteretas.

—¿Y...?

—Pues que ya que es tan listo y tan enterado, y a él y a su amigo el negro les ha dado por las pinturitas, les propongo un reto: hacer una pintada en el chalé tan guapo que se está haciendo don Vicente. Nada de pelas, nos jugamos el honor.

Don Vicente era uno de los prohombres del barrio. Era constructor, y se rumoreaba que traficaba con droga. Estaba en tratos con el concejal de urbanismo para recalificar los terrenos de la zona del torreón, y poder construir allí, pero los vecinos se oponían, y aún no lo había conseguido. Cuestión de tiempo, decía él.

—Bueno, nene —ahora se dirigía a mí—. ¿Qué dices?

—No aceptes —dijo entre dientes mi hermano—. Di que no.

Todavía me dominaba la rabia, y deseaba darles una lección, la que fuera. Hubiera recogido cualquier guante, pero el consejo de mi hermano me hacía titubear, porque casi siempre tenía buenas razones para lo que hacía o decía.

—¿Se te ha comido la lengua el gato? Venga, valiente, a ver quién tiene cojones de verdad, a ver quién pinta el chalé antes de que lo inauguren, nosotros o vosotros.

—O el día de la inauguración —dije.

—¿Trato hecho, nene?

—Trato hecho, mamón.

—Imbécil —susurró mi hermano.

El Maxi me estrechó la mano.

—Suerte, chacho, y que Dios la reparta.

—Suerte para ti —contesté.

—Sube —dijo mi hermano, cabreado.

Monté en la Rieju, y nos fuimos botando campo a través. Mi hermano no disimulaba su enfado, y yo no me atrevía a hablar. Llegamos a casa, y mientras él ponía el pitón a la moto, dije:

—¿Por qué no hiciste nada cuando hablaron de Sira?

—Oye, rico —cerró el pitón después de haber rodeado con él la farola, y se levantó—. Te he sacado de un lío, ¿querías que me metiera en otro, y contigo de propina? Sabes contar, ¿no? No sé qué coño de discurso te marcaste sobre la valentía, pero aún te queda mucho que aprender. ¿Viste las chapas que llevaban, con los lobos aullando y la luna? Pues así son cuando se meten conmigo, o contigo, o con Risa, chacales aullando a la luna. Y supongo que estarás satisfecho, ¿no?

—De qué —yo también me estaba calentando. Me había metido en un lío, vale, pero había sido por defenderle a él, y eso qué, ¿es que acaso no contaba?

—¿Sabes quién es el encargado de vigilar el chalé mientras lo construyen?

—Quién.

—El Lobo Rosario. Perla, niño. Como para joderle el invento y que te vea.

—Sé cuidarme —dije, mientras íbamos hacia el portal.

—Ya he visto cómo.

—Es chulo eso que has dicho de los chacales ladrando a la luna —comenté, para reconciliarnos y porque me gustaba de verdad.

—No es mío —dijo, evitando mirarme, todavía ceñudo—. Es de *Salambó*. Y de dónde lo sacó Flaubert, eso ya no me lo preguntes.

20

Os gusta ver la luz de las estrellas, la tenue claridad que esparcen? ¿Os gusta pensar que están lejísimos, y que son casi inmortales? A mí sí, porque me imagino que son mágicas, y que han visto millones de cosas que nosotros no hemos visto, dinosaurios y hombres de Neanderthal y la construcción de las pirámides y la Noche Triste de Cortés, y por la noche salgo al descampado y las miro, y me siento más cerca del hombre de las cavernas. Mi hermano decía que le embargaba un sentimiento casi religioso, a él, que había dejado de ir a misa hacía ya varios años, para disgusto de los mariscales. Aquella noche, la del reto, soñé que Alber y yo íbamos a pintar el chalé de don Vicente en una noche estrellada, y que el Lobo Rosario soltaba tres lobos negros, que nos perseguían aullando y babeando, íbamos a toda, pero los lobos corrían más que la 75, y justo antes de que nos alcanzaran, me desperté. Me asomé a la ventana, que por las noches dejaba abierta para que corriera un poco el aire, y vi abajo a mi hermano. Estaba sentado en la acera, haciendo nada. Miré la hora. Eran las cinco de la madrugada. Me puse apresuradamente unos pantalones encima de los calzoncillos, una camiseta y las zapatillas, y bajé. Mi hermano reconoció el sonido de mis pasos, porque empezó a hablarme sin volverse, sin haberme visto.

—En el metro todo el mundo va triste, aburrido, ¿no te has fijado nunca? Claro, tú siempre vas leyendo, pero yo no, yo me fijo en las caras de la gente, en el metro están muertos, y reviven cuando salen.

Se volvió. Estaba pálido. Pensé que tenía fiebre.

—El metro es un trozo de muerte, es un tiempo perdido, es un túnel, ¿no ves las caras de la gente? Y así me siento yo a veces, fuera de mí, sin pulso, esperando sin esperanza, y no me puedo dormir, el barrio duerme, la ciudad entera duerme, y yo cierro los ojos y me relajo e intento dormir, pero nada, es como si el sueño me hubiera marcado con una cruz roja para no posarse jamás en mí, como si hubieran rociado con sangre de cordero los dos postes y el dintel de la puerta de mi cuarto para que no entre con su espada asesina el Ángel de Dios, y entonces los minutos son interminables, y yo pienso en los primogénitos de Egipto, en tantos hogares en los que se llora, en el alarido de dolor, ¿entiendes lo que te digo?

No entendía nada, pero asentí para que él siguiera hablando, para no desanimarle, para que se desahogara, y de paso, para ver si pillaba algo de lo que siguiera.

—Yo tengo que escapar, no estoy preso y sin embargo tengo que huir, que echar a correr hasta que me sangren los pies, hasta que me revienten los pulmones, y cuando canto, cuando imito a Roberto Carlos, entonces soy otro, nada me importa, la música se me mete dentro y yo me meto dentro de ella, por fin soy otro, por fin he conseguido escapar de mí mismo... Y después, en esas noches de insomnio, viene el calor, las oleadas de calor y mi cuerpo convertido en una estufa, incluso en invierno, como si tuviera fiebre, un calor que viene y se va, furioso, como con acometidas, como hormigas rabiosas, y entonces no hay quien duerma, y por la mañana, la luz del sol y el agotamiento, ¿entiendes ahora por qué imito a Roberto Carlos y por qué me importa tres pimientos lo que digan todos esos pringados, el Maxi y compañía? ¿Entiendes?

—Un poco —dije.

Se dio cuenta de que estaba preocupado, casi asustado, y me acarició la cabeza y me sonrió.

—Joder, vas camino de ye-ye, ¿no te vas a cortar el pelo?

Su agitación había desaparecido: se dominaba, para no alarmarme, y seguramente se arrepentía de haberme dicho todo aquello, de no haberse controlado.

—¿Damos un paseo?

Asentí.

—¿Cómo es que apareciste cuando lo del Maxi?

—Te estaba buscando. Sabía que andabas por ahí, me encontré a Alber. No me apetecía estar solo. Lo que no sabía era que te estuvieras metiendo en líos, ¿cuándo aprenderás?

Me chocaba que hubiera tenido tanta necesidad de mi compañía como para buscarme en la Rieju, pero no comenté nada.

Caminamos por la calle principal, y luego nos metimos por el parque.

—Siento que se burlen de ti —dije.

—No me importa que me lastimen —respondió—. En cambio, no soporto que me tengan lástima. Así que nunca me compadezcas ni llores por mí, ¿entendido? Nunca, y por nada.

Llegamos al borde del parque, y nos detuvimos. El cielo estaba despejado, y en una hora amanecería. Las bombillas de las farolas restaban nitidez a las estrellas, las difuminaban, las mataban lentamente, como si les robaran el oxígeno, como si las asfixiaran, como si apretaran con dedos de acero sus cuellos de ceniza y luz. Entonces él cogió unas piedras, y empezó a tirarlas hacia las farolas, y yo le imité, hasta que rompimos las cuatro más próximas, y a nuestro alrededor la oscuridad se hizo mucho más densa, y encima de nosotros las estrellas recobraron parte de su perdido esplendor. Alguien gritó:

—¿Quién anda ahí? ¡Gamberros! ¡Vándalos!

Salimos corriendo, los dos tan acostumbrados, con nuestras zapatillas deportivas, él delante y yo detrás, con mi corazón latiendo a todo meter y con una mezcla extraña en mi cabeza, la sensación de que habíamos hecho una cosa mala y buena a la vez, porque habíamos roto un bien público, vale, pero también habíamos devuelto un poco de luz a las estrellas tristes y sabias.

21

Cuando le conté a Alber lo del desafío, le pareció estupendo. Alber era un hombre de acción, y dijo que teníamos que hacer más pintadas, para entrenarnos, y también echar un vistazo a cómo iba el chalé, e incluso ayudar un poco, si iban con retraso, porque estaba impaciente por pintarlo y chafarle la inauguración a don Vicente, que era un capitalista y un explotador.

Dicho y hecho: compramos unos *sprays* donde Flórez, que nos miró raro, o a lo mejor eran neuras mías, y nos pusimos en camino hacia la obra. Antes de llegar donde la Reme, estuvimos a punto de pisar al Lanas, que estaba tumbado de cualquier manera en una zanja, a la sombra que le ofrecían unas retamas. Estaba paliducho y mal afeitado, como de costumbre.

—Qué pasado está éste —dijo Alber—. Éstos soban donde les pilla.

Nos desviamos hacia donde la Reme.

—¿Por qué vamos hacia allí?

—¿Para qué te crees que son las bombas? No pensarías que iba a ir a la obra y decir al Lobo: Pasa, tronco, enróllate, veníamos a echar unos dibujos, ¿no?

No había nadie donde los vagones. Alber agitó un aerosol y comenzó a pintar una silueta rosa en uno de ellos. Era una silueta femenina.

—Con esto no tenemos ni para empezar —dijo.

Alber se las arregló para que la parte oxidada del vagón pareciera la cabellera de la mujer y la tierra sobre la que ésta se alzaba. Luego, pintó el cielo de azul.

—Es Sira en la playa —me explicó—. Como es un amor platónico, está sola.

—Ya —dije, no muy entusiasmado.

En ese momento, de entre unos matorrales, a cincuenta metros, salió la Reme, abrochándose la minifalda. Un hombre se alejaba, de espaldas a nosotros. Me pareció reconocer al Alcanzas.

La Reme vino a nuestro encuentro, y se quedó admirada viendo la obra de Alber.

—Qué guay —dijo—. Si vais a conseguir que vengan más clientes y todo. ¿Y quién es el artista?

Señalé a Alber, que en ese momento, de rodillas, firmaba: Platón. Encima de las letras pintó varias lucecitas dispersas, o chispas, o destellos, o puede que fueran sombras, como en la caverna que había imaginado el sabio griego. Decididamente, estaba de la croqueta. Se incorporó.

—Te lo vamos a seguir pintando hasta que esto dé alegría a los ojos. Adiós, Reme.

—¿Ya os vais? ¿Dónde es el fuego?

Continuamos caminando. Hacía muchísimo calor, y me quité la camiseta.

—Alto —dijo Alber, y se detuvo bruscamente.

—¿Qué pasa?

—Vamos a descansar un rato.

Y se sentó en la tierra, asegurándose antes de que no hubiera cristales, cardos o clavos. Yo le imité, bastante sorprendido. Estábamos acostumbrados a cubrir una distancia equivalente corriendo, y ahora, andando, se cansaba.

—¿Qué te pasa?

—Desconozco. No he dado un palo al agua en todo el día, y he dormido diez horas, y tengo la espalda molida y el cacas como si me hubieran puesto cinco inyecciones antitetánicas. Creo que es por mi amor platónico. ¿Tú crees que puede ser por eso?

—Ni idea —respondí—. Yo nunca me he enamorado platónicamente.

—Pues suerte que tienes —dijo Alber, con aire mártir—. Por la mañana me crucé con Sira, y ni me reconoció. Es supercrudo enamorarse platónicamente. ¿Tú crees que de una putingui alguien se puede enamorar así, de forma pura?

—Supongo que sí.

—Yo creo que también. ¿Acaso no dijo Jesucristo que también las putinguis eran mujeres puras?

Ascendimos a un promontorio desde el que se dominaba el chalé, distante en unos quinientos metros. Estaba prácticamente terminado. El Lobo Rosario tomaba el sol, fumándose un cigarrillo, repanchigado en una tumbona, mientras un par de obreros curraban.

—Vamos —dijo Alber.

Descendimos. Un obrero hacía mortero, y otro levantaba la pared de un cobertizo, separado unos treinta metros de la construcción principal. En el interior de ésta, por una ventana, vi a más gente. Había ruido de máquinas.

—¿Cuánto falta? —preguntó Alber a uno de los currantes.

—A nosotros, una semana —estaba muy moreno, y por su espalda corría el sudor—. Y a los de dentro, por ahí, por ahí.

El Lobo Rosario se levantó y vino hacia nosotros con andares de perdonavidas.

—A ver, qué pasa aquí, qué queréis.

—Echar una mano —dijo Alber.

—¿Vosotros? —el Lobo Rosario resopló despectivamente—. Venga, pies, para qué os quiero.

—Hemos hecho una caseta de perro este verano.

—¿A qué viene eso de la caseta de un chucho? ¿Va con segundas?

—No —dijo Alber, medio acojonado.

El Lobo Rosario le cogió del cuello del chándal y le obligó a retroceder.

—Pues largo de aquí, jalando hostias. Y no os quiero volver a ver rondando ni en pintura, ¿entendido?

Alber, sofocado, y yo, intimidado, nos alejamos. El Lobo Rosario chasqueaba la lengua, como se hace con el ganado. Nos arrojó una piedra, que no pasó muy lejos.

—Ha sido una idiotez dejarnos caer por aquí —dije.

—Bah —dijo Alber—. Así vamos viendo el percal.

Volvimos. Estaba desmoralizado, hundido. Todo me parecía triste, equivocado: la pintada de Alber, el desafío, la Reme, las noches de insomnio de mi hermano, el hijoputa del Lobo Rosario. El mundo se me hacía muy grande.

—¿Tú crees que Sira es de izquierdas? —me preguntó Alber, cuando ya estábamos cerca de nuestras casas.

En eso había ido pensando, el muy inconsciente.

—Yo qué sé —respondí, de mal talante.

—Seguro que sí —dijo él, ajeno a mi mal humor—. Y si no, me lo imagino. Eso es lo bueno del amor platónico. ¿Sabes? Que a la mujer de la que te enamoras la haces a tu imagen y conveniencia. Platón era un puto genio.

No contesté, y me entraron ganas de llorar.

22

Cuando llegué a casa, mi hermano estaba discutiendo con mi padre en la cocina. A mi hermano le habían ofrecido cantar en la inauguración del chalé de don Vicente, y lo había rechazado, pretextando que esa noche, el 21 de agosto, tenía que cantar en La Sirena.

—Te pagaban bien, ¿no? ¡Pues entonces!

—El don Vicente ese es un mafias y yo no canto para él.

—No se puede acusar sin pruebas —respondió mi padre.

—Vende drogas.

—¿Cómo lo sabes?

—Eso dicen.

—También han dicho barbaridades de ti —terció nuestra madre.

—Pero lo de ése es verdad —se obstinó mi hermano—. Además, yo canto si me da la gana.

Y salió de la cocina. Sonó el teléfono, y contesté.

—¿Sí?

—¿Está Tobías?

—Se ha equivocado.

Iba a colgar, cuando oí que, al otro lado de la línea, me enviaban un beso. Entonces comprendí los besos de Sandra, y el de Maldonado, y todos los besos del mundo, que no eran tales: ese chasquido no era el de un beso, sino el ruido que hacía el teléfono al interrumpirse la comunicación al otro lado de la línea. Era lo que me faltaba. Fui a mi cuarto, quebrantado. Vi a mi hermano en el suyo, y entré. Necesitaba descargarme, que me consolaran. Estaba doblando un pantalón que tenía una mancha rosa de pintura.

—Estoy hecho polvo —dije.

—¿Qué te pasa? —me miró con interés. Era la primera vez que me sinceraba así ante él.

Entonces le expliqué lo de los besos de Sandra, que no me gustaba, pero que me había hecho ilusiones y ahora me arrepentía, y lo de la Reme, que me parecía tan cutre y tan sórdido, y el Lanas ahí tirado, sobando, hecho una piltrafa, y luego él discutiendo con mamá y papá, y Alber, que andaba medio pirado últimamente y decía que se había enamorado platónicamente de Sira, y especialmente, lo que quizá era causa de que todo lo demás me pareciera horrible, mi estúpido desafío, y el Lobo Rosario, que había cogido a Alber del cuello, y en fin, que estaba hundido.

—Y hay otra cosa.

—¿Aún hay más?

—Sí —¿acaso él no me había buscado cuando se sentía solo? Pues ahora yo me desahogaba—. Tú, que estás muy mal, o muy raro.

Y aunque él había dicho que prefería que le lastimaran a que le tuvieran lástima, me eché a llorar, aunque no era sólo por él, era por mí, por todo.

—Vayamos por partes —dijo mi hermano, y me removió afectuosamente el pelo, en esta ocasión sin hacer ningún comentario acerca de que me sentaría bien un corte—. Lo primero, deja de llorar, que se te va a borrar la cara. Y lo demás, pues... Lo del Lanas y lo de la Reme, así es la vida, no hay que amargarse. Procura que la tuya siga otro curso, y que eso te sirva de lección. Lo de la discusión con papá... ¿Qué importancia tiene? ¿Qué hijo no ha discutido alguna vez con su padre? Así que eso, nada. ¿Y qué más queda? ¿Por dónde íbamos? Mira que la lista era larga... —me sonrió.

—Lo de la hermana de Alber —dije. Me daba vergüenza haber llorado. Bueno, delante de mi hermano, no me importaba mucho.

—Pues nada. Si una chica pasa de ti, pasa tú de ella.

Como tú de Sira, pensé, pero me mordí la lengua.

—Ya verás cómo va ella a ti, por su propia iniciativa, y si no, pues a otra cosa. Si alguien no se enamora de ti, es que no te merece, o al menos que no te conviene.

—Qué fácil, despachar las cosas así...

—¿Fácil? Si lo piensas un poco, verás que es verdad, y la verdad nunca es fácil... ¿Qué más había?

—Lo de Alber.

—Ah, sí, lo de Alber. Hasta tiene gracia, ya se le pasará. Los amores platónicos son como sarampiones, se pasan y ya está, no dejan heridas.

—¿Y los otros?

—¿Los otros? —dudó un instante—. A veces. Hemos llegado a mí, ¿no? No te preocupes por lo del otro día, era un poco teatro. Yo estoy bien, estoy contento con mi vida, y con lo que hago. En cuanto al Lobo Rosario, no te acerques mucho a él, como si fuera un perro rabioso, y ya está. El disgusto se lo va a llevar él esta tarde. Mira por la ventana, mira el cielo, mira las nubes.

Me pegué a la ventana. Atardecía. El cielo, azul pálido, estaba surcado por unas nubes blancas y gordas, que se hacían finas y rosas en la línea del horizonte.

—Todo va a ir bien, ¿qué te apuestas? Todo. Así que como te vuelvas a desanimar por cuatro pijadas, mejor que no me entere, porque te pongo las pilas. No olvides que lo penúltimo que se pierde es la esperanza.

—¿No es eso lo último?

—No, lo penúltimo.

—¿Y qué es lo último?

—La vida —dijo el chico que imitaba a Roberto Carlos, pasándome el brazo por encima del hombro.

23

Al día siguiente, dos noticias recorrieron todo el barrio: la primera, que el Lobo Rosario estaba que mordía, porque le habían pintado el coche de rosa con lunares blancos, y nadie sabía nada pero todo el mundo se había estado cachondeando de él. Y la segunda, que el Lanas la había espichado de una sobredosis, y que le habían encontrado donde nosotros creíamos que dormía a pierna suelta, cuando lo que sucedía era que ya estaba tieso. Era el primer muerto que veía en mi vida, y ni me había enterado. La información me la dio Alber, y no le comenté nada de la mancha rosa en el pantalón de mi hermano. Nos había dejado la Rieju para esa noche, con la condición de que le cambiáramos el cable del embrague, que se había roto. Ya no estaba nada depre, se me había pasado el marrón y otra vez pensaba que era una suerte estar de vacaciones y que no podía quejarme, con la de problemas serios que había en el mundo. De todas maneras, por cambiar un poco y por no verme siempre igual en el espejo, le pedí a Alber que me cortara el pelo. No es que Alber supiera, pero mi madre había salido y pensé que sería más fácil cortárselo a otro que a uno mismo. Mientras Alber me cortaba el pelo, yo leía un manga que había traído él, y aunque de vez en cuando me decía que pasara la página, no me di cuenta de que mi amigo había estado más pendiente de las aventuras de papel que de la faena hasta que terminamos el cómic. Entonces, al mirarme en el espejo, comprobé la escabechina.

—Pero tío —le dije—, ¿qué has hecho?

Estaba más trasquilado que una oveja.

—Bah —dijo Alber, quitándole importancia—. Tampoco es para tanto.

—¿Que no? ¿Y si te lo hicieran a ti?

Nos miramos en el espejo. Alber no contestó, pero la que habría armado, si hubiese sido yo quien le hubiera cortado sus largos mechones, si le hubiera igualado todo con la nuca.

—¿Y ahora qué hago?

Manga significaba irresponsable o patético, en japonés, según Alber, y desde luego así era el corte de pelo que me había hecho el muy capullo.

—Desconozco —dijo Alber—. Igual tienes que recurrir a un tijeras profesional.

En la peluquería, me raparon el pelo al dos con maquinilla. Parecía un calvorota de ésos, como el Curri. O un militroncho. Cuando me dirigía a casa, me crucé con la hermana de Alber, que llevaba una cesta de mimbre y una toalla al hombro. Tenía el pelo mojado.

—¿Qué te has hecho? —me dijo.

—Pasarme el cortacésped.

—Estás adefesio.

—Gracias —pasé de largo—. Ah, y por cierto... —me volví—. ¿Por qué no te compras un puto loro verde?

—Ah, pero... ¿No lo sabes? Pues... ¡Porque mi religión no me lo permite!

Me sacó la lengua y se fue riendo. Era una cría, eso es lo que era, una cría de trece años, pero a mi pesar, había de reconocer que tenía gracia. Cuando llegué a casa, Alber estaba en la acera, acabando de apretar el prisionero, con las manos negras de grasa.

—Siento el estropicio —dijo al verme—. Pareces uno de esos cabrones.

—Pues no lo soy. Por cierto, me he cruzado con tu hermana.

—¿Y...?

—¿Cómo que y...? Pues nada.

Alber se levantó, arrancó y metió primera. El embrague estaba listo.

—Guapo —dijo.

Metió punto muerto, apagó el motor y tiró el cable roto en una papelera. Alber servía para un montón de cosas. Yo no sabía hacer nada, aunque hubiera aprobado todo. ¿Para qué servía yo? Cuando tuviera dieciocho o veinte años, cuando tuviera que valerme por mí mismo, ¿qué haría? ¿Repartir publicidad en la calle, como el Milio? Alber subió a mi casa para lavarse las manos, y le acompañé. Cenamos un bocata de chorizo y vimos un rato la tele. Cuando bajamos, el tinte oscuro de la noche ennegrecía los árboles, los edificios y el cielo, pero azuleaba los pensamientos. Al ladrido de un perro que no era Charli siguieron las campanadas de una iglesia, también lejana, y pensé en que mañana habría que ir al entierro del Lanas. Alber arrancó la 75 y yo contuve el aliento: en el aire flotaba una promesa de emoción, aventura y riesgo.

24

La noche era estrellada, como casi todas las noches de aquel verano, aquel verano en el que yo tenía catorce años, una edad como cualquier otra, es decir, una edad diferente de todas, y mientras íbamos en la moto, me acordaba de aquel cosmonauta ruso que estaba por ahí, dando vueltas en el espacio, y al que no bajaban a tierra por falta de presupuesto, no había derecho. Hicimos un montón de pintadas, antinucleares y antirracistas y también de amores platónicos (o sea, de una chica solitaria) en parajes paradisiacos, y yo pensaba, mientras Alber se esmeraba poniendo su ridícula firma salpicada de chispitas, PLATÓN, que se estaba volviendo de lo más cursi y que estaba como una chota. Pasamos delante de un muro que habíamos bombardeado hacía una semana, y donde había escrito SANDRA, TE ADORO, añadí: CÓMPRATE UN LORO, escribiéndolo pequeñito, para taparlo con el cuerpo y que Alber, que estaba poniendo MILI-KK, no lo viera. Pintamos varios muros, un puente, una torreta eléctrica, un contenedor, un par de vallas publicitarias y un paso subterráneo. El dibujo más chulo de todos fue uno de un soldado con máscara antigás, sobre unas ruinas y una ciudad bombardeada al fondo. Sobre la cabeza del soldado Alber puso una interrogación que parecía estar en relieve, como si el soldado se preguntara a qué conducía tanta destrucción. Molaba cantidad. A partir de la cuarta o quinta pintada, como nos encontrábamos a menudo unos dibujos horribles cuya firma era una rama de olivo, empezamos a pintar encima, aunque a Alber no le supiera bien del todo, porque los mensajes de la rama de olivo eran pacifistas y anarquistas. Cuando ya volvíamos, porque se nos habían acabado los aerosoles, se nos puso detrás una moto, que nos enchufó las largas.

—Nos está siguiendo —dije.

—Qué va —respondió Alber—, mira que eres agonías.

Por si acaso, en una curva, me deshice de la bolsa con las bombas. Cuando salimos de ella, nos encontramos de frente con otra moto, que nos cerró bruscamente el paso. Alber tuvo que frenar en seco, y casi nos la pegamos. Había que reconocer que era un virguero conduciendo. La moto que venía detrás llegó inmediatamente. Se bajaron dos tíos de cada una, uniformados: pantalones militares, botas con cremallera, el pelo largo y sucio, con greñas, y una camiseta negra en la que ponía en letras rojas *rock life*.

—Pasa, troncos.

—Pasa —dijo Alber.

—Vosotros sois Platón, ¿que no?

—No —dije yo.

—No —corroboró Alber.

—¿Que no? ¿No sois los que pintáis eso de Sira te quiero y esas polladas?

—No —negué.

—Sí —afirmó el memo de Alber.

Le miré como si fuera un extraterrestre, y es que aún no sabía, como luego me explicó el muy merluzo, que en el amor platónico es muy importante no negar jamás al ser querido, y que hay que estar siempre dispuesto a darlo todo por nada. El que se había dirigido a nosotros era el más alto y el más chulo. Estaba claro que los demás seguían su estela. Se plantó delante de mí.

—Tú eres el listo, ¿no? Chungo. ¿Y el superhéroe? ¿Flash Gordon?

No dije nada porque no se me ocurrió nada, y para decir esa mamonada de Flash Gordon mejor era quedarse con la boca que no entren moscas.

—Esto por pintar encima de nuestros grafitis.

Me empujó.

—¿Grafitis, esos churros? A mí me daría vergüenza llamarlos grafitis.

Hay veces que no sé estar callado. Se me acercó uno más bajito pero bastante cachas. Era el único cuya camiseta estaba algo desteñida, más gris, y pensé que los otros no las lavaban ni por equivocación. Me golpeó en el hombro.

—¿Te daría vergüenza, tontopolla?

—Vale, vale, tranqui.

—¿Tranqui? ¿Ahora te cagas, pichafloja? ¿Eh? ¿Ahora te cagas, mosquita muerta?

Me dio otro golpe en el hombro. Éste se lo devolví, y empezó la bronca. A mí me hacen gracia los tíos esos que te acusan de cobarde, pero siempre cuando están en mayoría, o cuando son unos grandullones, y se lo dicen a un pequeñajo, o cuando tienen un arma en la mano. ¿No os habéis fijado nunca? ¿No os habéis dado cuenta de que esos valientes de pacotilla, cuando se les enfrenta uno más fuerte, se acojonan, y cambian de estribillo? Ellos sí que eran unos pichaflojas, y ni que decir tiene que nos sacudieron como a esteras. De todos los dolores que tenía por la noche, al acostarme, únicamente me alegraba por el de la mano derecha, pensando que posiblemente se debiera a un puñetazo. Pero ni siquiera estaba seguro. La verdad es que nos metieron una buena paliza, aunque tampoco se pasaron, al fin y al cabo eran anarquistas y pacifistas. Simplemente, nos quitaron las ganas por una buena temporada de pintar encima de sus malditas ramas de olivo. A Alber le partieron el labio. Lo peor fue que uno de ellos, al irse, pegó una patada a la avispa, y la tiró. Se le salió bastante gasolina, y se hizo algunos rayajos. Mientras se montaban en sus motos, oí que uno decía a otro:

—¿Qué es eso de Platón?

Y el otro contestaba:

—Platón, tío, la peli esa guay de los yanquis y los chinos, joder, si la has visto... Que no te enteras...

Y le dio una colleja al que había preguntado, porque se creía más listo que él.

Cuando se piraron, nos levantamos, hechos polvo.

—¿Te duele algo?

—El cacas —contestó Alber—. Y no haber defendido mejor el nombre y el honor de Sira.

Sólo le faltó añadir: ... que esos villanos han mancillado.

—Estás volado —le dije—. Tú y tu puto Platón, pareces un puto don Quijote.

Regresamos, Alber conduciendo más despacio que nunca, aunque saltándose igual los discos, tras asegurarnos de que no venía nadie. Y de cancioncitas, nada.

—Dentro de unos años, nos descojonaremos de esta tunda —dijo Alber.

Y no hubo más comentarios.

Llegamos. Mientras candaba la moto, dijo:

—Por la burra no te preocupes, relájate, tío. Ya tenía rayajos, ahora tiene alguno más, eso es todo. Y de lo otro... ¿Nos rajamos?

—¿Qué otro?

—El chalé.

Le miré sin contestar.

—Es que... —Alber movió la cabeza a derecha e izquierda, incómodo—. Si éstos nos han hecho algo, el Lobo Rosario igual nos come. ¿Apostaste algo?

—No —dije—. El honor, creo.

—¿El honor? —Alber reflexionó unos instantes—. Es bastante importante, el honor —resolvió al fin, pensando, tal vez, en el amor platónico.

25

Os gusta ver flores en el mar? A mí no estoy seguro, porque son muy bonitas, las flores blancas o rojas o amarillas en el mar azul o verde o gris, flotando, mecidas por las olas, pero cuando esa parienta mía lejana murió hace años y fuimos a Mallorca, arrojaron flores al mar, y entonces no estoy seguro de si me gustan o no, porque me recuerdan la muerte, y en eso meditaba, mientras el cura decía en latín algo que yo no entendía, y la familia del Lanas hecha polvo, todos apetuguñados, abrazados unos a otros, el Alicates más arrugado que nunca, y la madre como ida, en eso pensaba, en la muerte. Ése sí que debe de ser un viaje alucinante, si es que verdaderamente se va a alguna parte, si es que de verdad existe otra vida, como afirman mis padres, y el trayecto se hace —si es que se hace— en un suspiro, en un segundito, tan rápido que cualquier cosa que se diga es pálida, cualquier cosa con la que se compare es de una lentitud de caracol reumático como el Alicates, que echa la culpa de su reúma al clima alemán y al trabajo de juventud en la fábrica de lavadoras Miele, las mejores del mundo, según el Alicates, y medio hechas por emigrantes, y al lado de ese viaje, el paseo cósmico de López-Alegría es como un garbeo por la Plaza de España con las manos en los bolsillos y mascando chicle, algo que nadie perdería el tiempo en contar, ¿qué hiciste ayer? ¿Ayer?, pues paseé por la Plaza de España con las manos en los bolsillos y mascando chicle, ¿a quién le importaría semejante cosa?, para eso es mejor mentir, inventar algo, decir, por ejemplo, aunque todo el mundo sepa que es bola, que ayer te subiste a una farola y creíste ser un pájaro de colores, un loro verde, por ejemplo, y te lanzaste confiado en que ibas a remontar el vuelo, y que volaste un poco pero más bien hacia abajo, sin remontar nada, así que te ibas a estrellar contra el asfalto, pero entonces pasó un camión lleno de cartones justo debajo y te salvó la vida, y allí viajaba una chica que te besó en los labios, y era una princesa-soltera-del-país-donde-los-deseos-son-realidades. El caso es que esa princesa soltera, que en general es mucho más interesante que una princesa desposada, porque las princesas desposadas vienen con príncipe incluido, y francamente, ¿tú para qué quieres un príncipe?, te ha salvado de ese suspiro, de ese segundito, de ese viaje, de esas flores blancas o rojas o amarillas en el mar, y si cuento todo esto es porque eso era lo que pensaba en el entierro del Lanas, para distraerme y no pensar en el Lanas ahí dentro, más tieso que un poste de teléfonos, y de aquí a poco los gusanos, y ahora comprendía mejor a Alber y lo de su amor platónico, porque Alber lo que hacía con todo ese rollo de Sira era imaginarse historias para pasar mejor los malos ratos. Había una corona de crisantemos muy grande, la mayor de todas, con una cinta en la que ponía el nombre de don Vicente y no sé qué de sentimiento, y mi hermano murmuró:

—Hipócrita.

El sol picaba un montón y la gente estaba sudorosa, y algunos un poco colorados, y una señora gorda y mayor a la que no conocía resoplaba al respirar, como si se fuera a ahogar, y había un niño pequeño, y mi madre dijo:

—Pobre crío, se va a coger una insolación.

Mi madre le dio a la mujer que lo llevaba en brazos un pañuelo para que le tapara la cabeza, y la mujer se lo agradeció con una sonrisa, y le dijo que no, que el crío estaba bien. Después de dar el pésame, mi hermano fue un momento a hablar con Sira, que también estaba por ahí, tan rechula y tan reguapa como siempre. No hablaron mucho, tampoco era el lugar.

A la vuelta del entierro, en el coche, le dije a mi madre que, si por cualquier motivo yo moría antes que ellos, me incineraran, y ella contestó que vaya tontería lo de morirme yo, pero que sí, que me incinerarían. Mi hermano no abrió el pico, y nada más llegar a casa se retiró a su habitación. Yo estuve leyendo, y cuando me cansé, fui a ver qué hacía. Llamé a la puerta.

—Pasa —dijo.

Mi hermano no fumaba, pero tenía un cigarrillo encendido entre los dedos, con un centímetro de ceniza en la punta, y un humo gris azuleaba el aire. En su escritorio, ante el que estaba sentado, de perfil, había, además de la máquina de escribir, con un folio mecanografiado a medias, un perrito de peluche que yo nunca había visto.

Por la ventana, abierta, se veía el paisaje de aquel verano, el paisaje de aquel barrio, de nuestras vidas: las cisternas del polígono industrial, las grúas de los edificios en construcción, los bloques de pisos, repetidos, tristes, cansados. El campo de trigo, con la ver-

ja, la carretera que moría en la autovía, y a la derecha, los terrenos sin sembrar, donde estaba Charli, la
Reme, la vía muerta y el torreón. Y encima, igual que
en todas partes, el cielo.

—Cuando sufro —dijo mi hermano, sin volverse
hacia mí—, me creo con derecho a hacer cosas horribles: tirar los regalos que me han dado, odiar a la gente que no me ama...

Dio una calada y me miró, con sus ojos irónicos y
profundos. No supe qué contestar, y salí del cuarto.
Nunca volví a ver el perrito de peluche.

26

A l día siguiente, mi hermano me propuso acompañarle a la piscina. Estaba a tope, porque la mitad de la gente que no se había ido de veraneo mataba allí las mañanas, torrándose al sol y dándose algún que otro chapuzón. La hermana de Alber estaba con dos chicos de su edad, o puede que de la mía. Llevaba un biquini rojo horrible, y me saludó desde lejos. No me levanté para saludarla. ¿Acaso iba a ir yo hasta ella? ¿De qué? Que se molestara ella, ¿no? Lo cierto es que el biquini era normal y corriente, pero yo me hacía a la idea de que era horrible para dejar de pensar en ella. Mi hermano se zambulló un par de veces desde el trampolín más alto, y ahí subido, sin un solo gramo de grasa, pero también sin esos músculos demasiado desarrollados que afean los cuerpos tanto como los barrigones, parecía un príncipe. Yo también me tiré, aunque creo que con menos estilo que él, sin entrar tan limpiamente en el agua, salpicando más. Dos chicas que estaban a mi lado, y que compartían una toalla con un dibujo de Brad Pitt o de alguien que se le asemejaba, dijeron que estaba buenísimo. Una era rechoncha y morena, y la otra flaquita y castaña, así que mi hermano tenía dónde elegir, pero cuando volvió y ellas le lanzaron miraditas y soltaron risitas nerviosas, él no les hizo ni caso, ni se inmutó, y se tumbó en la mitad de su toalla, boca arriba y con los ojos cerrados. A mí me ignoraron. Mejor para ellas, ¿no? Un chasco menos, no te digo. Sandra se las piró sin despedirse, y eso me fastidió bastante, no por nada especial, sino porque me pareció de fatal educación.

Por la tarde, fuimos a lavar a Charli, que falta le hacía. Para ello llevamos una garrafa con agua, un barreño, estropajo y jabón. La verdad es que tampoco hubiera venido mal limpiarle la boca, porque tenía un aliento que echaba para atrás, pero eso no sabíamos muy bien cómo hacerlo. Era mejor lavarlo entre los dos, porque Charli se ponía a ladrar y daba tales tirones de la cuerda que casi se ahorcaba. Por fin se tranquilizó, y todo encogido, como si le estuviéramos haciendo la mayor barrabasada del mundo, se dejó adecentar. Daba pena, en serio, pero a ver cómo le explicabas que lo hacías por su bien, y que para nosotros sería más cómodo pasar de todo y que anduviera por ahí hecho un guarro. Cuando acabamos de frotarle, le aclaramos. Quedó reluciente, y en cuanto se secara estaría suavísimo, daría gusto acariciarle. Pero nada más soltarle, lo primero que hizo el muy imbécil fue correr de acá para allá como un loco, sacudirse el agua y buscar unas buenas cagadas en las que rebozarse, ante nuestra desesperación.

—¡Charli! ¡Gilipollas!

Pero Charli, nada, venía hacia nosotros encantado y con la lengua fuera, pasaba delante como una exhalación, mirándonos, como los soldados cuando desfilan y vuelven la cabeza al pasar ante la tribuna, sólo que embalado, y se iba en busca de una segunda mierda en la que revolcarse a gusto, se lanzaba sobre ella, se restregaba, y otra vez a correr, y cuando pasaba ante nosotros, feliz y con la lengua fuera, otra vez vista a la derecha, ¡ar!

—Estupendo —dije, desconcertado—. Pues sí que ha valido de mucho la operación limpieza.

—Son perros de caza —me explicó mi hermano—. Se untan de caca para que no se les pueda oler.

—Pues sí que.

Mi hermano sacó del mono de mecánico unas hojas encuadernadas con anillas.

—¿Qué es eso?

—Mis poesías. Voy a quemarlas.

—¿Por qué?

—Porque son muy malas.

Sacó un mechero, y las tiró al suelo.

—¿Me dejas leerlas?

—Cuando sean mejores, te las dejaré. Éstas son un poco cursis, me daría vergüenza que las leyeras.

Arrimó la llama a las hojas y las prendió por tres sitios diferentes. Las cuartillas empezaron a ennegrecerse, casi sin producir llamas. Mi hermano las removió, y al separarse unas de otras, el fuego se avivó. Me esforcé por leer algo, pero sólo logré leer frases incompletas y palabras sueltas, que no hicieron más que aumentar mi curiosidad. «Mil guerreros se dieron cita en el bosque del dolor, donde cada árbol es una lágrima y cada...», pero ya el fuego devoraba el resto. En otra hoja leí: «Toda vida sin una derrota es un sueño». Y en una tercera, algo acerca de una saeta multicolor y el aullido de un lobo. Mi hermano dio otro puntapié a la pequeña hoguera, y las llamas recobraron su voracidad.

—¿De qué era?

—Era de un guerrero que tiene que elegir entre ser hermoso o ser feliz. Él habría elegido ser feliz, irse con la mujer a la que ama, pero el escritor...

—Tú.

—... le hace ser hermoso, combatir y caer derrotado en el bosque del dolor.

—¿Sira lo ha leído?

—Una parte.

—¿Y le gustó?

—Antes, cuando salíamos juntos, sí. Ahora, quién sabe.

Charli continuaba corriendo, aunque con menos entusiasmo. A veces se paraba y nos miraba, para iniciar de nuevo una carrera, como incitándonos a perseguirle, pero yo no estaba tan interesado en sus juegos como en la conversación con mi hermano, más hablador que de costumbre.

—¿Sira ya no te quiere?

—Quién sabe, las cosas no son tan claras... ¿Qué es el sudor? El esfuerzo del honrado, pero también el miedo del cobarde.

Las cuartillas se habían quemado totalmente, y el aire esparcía perezosamente las cenizas, muy negras, y tan ligeras. Mi hermano agarró un palo y lo lanzó lo más lejos que pudo. Charli fue corriendo a por él, y lo trajo en la boca. Tornó a lanzarlo de nuevo. Ver correr por el descampado a Charli era precioso, tan ágil y tan rápido, tan fuerte.

—Bueno, volvemos ya, ¿no? ¡Charli! ¡Ven aquí!

Charli obedeció a la primera, ante mi estupor. Normalmente, había que estar insistiendo media hora hasta que se aviniera a que le atáramos.

—Siéntate —mi hermano cruzó los brazos en aspa, y Charli se sentó.

Mi hermano le cogió del collar para atarle.

—¿Y tú? —pregunté tímidamente, aunque ya sabía que sí—. ¿Te sigue gustando?

—Tampoco eso está tan claro. Ella es demasiado guapa como para olvidarla, pero yo soy demasiado orgulloso como para recordarla.

Me acarició cariñosamente la cabeza.

—Bueno —me sonrió—, te dije que te lo cortaras un poco, pero te has pasado, ¿no? Parece un cepillo.

—Sí —dije—, me he pasado un pelo.

Sonreímos.

Acariciamos a Charli, y como siempre se ponía triste cuando nos íbamos, le repetimos cien veces que era bonito y que mañana volveríamos. Mi hermano se fue por su lado, y yo regresé a casa con la garrafa y el barreño vacíos y mi cabeza llena de fantasías, de guerreros enamorados que luchaban hasta encontrar la muerte en un bosque ensangrentado.

27

El verano iba pasando perezoso, lento y a la vez demasiado rápido, entre el chirrido de las chicharras y el calor pesado de julio y agosto, el estío discurría entre las horas tontas y el sopor de después de las comidas, entre el bordoneo de los abejorros y la suicida insistencia de las moscas, a las que Alber y yo matábamos dando una palmada en el aire, media cuarta por encima de donde se habían posado, y su propia rapidez las precipitaba al fin.

Mi hermano nos había citado en el promontorio desde el que se dominaba, quinientos metros más allá, el chalé ya casi terminado de don Vicente. Alber y yo estábamos intrigadísimos, ¿qué querría?

Habíamos dedicado un par de tardes a espiar desde la loma, o debería decir a cotillear, porque nada de pañuelos con cloroformo ni tintas invisibles ni fotografías ni disquetes con claves, sino más bien el mironeo tipo portera o vecino, y una vez incluso estuvimos un rato remoloneando por ahí, y lo único que habíamos conseguido era sacar de quicio al Lobo Rosario, que nos había llamado moscas cojoneras, y seguro que le hubiera gustado dar una palmada por encima de nuestras cabezas, pero como manteníamos las distancias, en eso había quedado la cosa. No sabíamos muy bien cómo ingeniárnoslas para pintarle la casita a don Vicente, porque por el día había varios currantes y el Lobo Rosario, y por la noche un guardia jurado, un cabrón jurado, en palabras de Alber. La fecha clave, el 21 de agosto, por cierto, el día de mi cumpleaños, se acercaba a marchas forzadas, y como ya he dicho, ignorábamos cómo íbamos a pintar alguna de las fachadas del chalé estridente y excesivo de don Vicente. La gente decía que era una maravilla, con esa fuente con un niño desnudo y con esas columnas rosas, pero mi hermano señalaba precisamente esos mismos detalles para destacar que era una horterada, y yo confiaba en su criterio. Ni siquiera nos poníamos de acuerdo acerca de en qué iba a consistir la pintada, aunque eso no fuera ahora lo más importante. Alber quería pintar una ninfa como la de La Sirena, sólo que rosa y rodeada de algas marinas y peces de colores, algo horrible, vamos, aunque Alber lo haría muy bien y casi parecería en relieve, y yo decía que más valía dejarnos de florituras, porque apenas tendríamos tiempo, y que mejor volver a nuestras raíces y pintar algo contra la guerra o el hambre en el mundo. Discutíamos acaloradamente, aunque visto lo visto, ¿qué más daba?, si lo más probable era que todo quedara en nada, y éramos como eso, como chacales ladrando a la luna, rabiosos e impotentes, perros ladradores, como los de las chapas de Maxi, aunque ésos fueran lobos.

Cuando nos dirigíamos hacia allí, nos cruzamos con Curri y con un colega suyo, muy feo, que también llevaba la cabeza rapada. Se acercaron a nosotros en plan chuleta, y nos paramos.

—Tú —me dijo el pestuzo—. ¿Te has rapado la pelota para entrar en nuestro grupo?

—No —respondí.

—¿Quieres ser de los nuestros?

Por lo visto, iban en plan alistamiento. Sólo faltaba que sacaran unos vídeos, practicando alpinismo y esas cosas. Les debía de faltar peña.

—Una polla —contesté—. No quiero ser de nadie, y menos de los vuestros.

El calvorota dio un paso amenazador hacia mí, pero el Curri le plantó una mano en el pecho para detenerle. Sabía que no iba a pasar nada, porque éramos dos contra dos, y en mi barrio y en China la basca prefiere pegarse cuando está en mayoría.

—Ya me flipaba a mí —dijo el Curri—, que uno de los nuestros fuera con Copito de Nieve.

—Copito de Nieve tu padre —saltó Alber, con los ojos brillantes por la rabia.

El otro nos obsequió con una mirada asesina.

—Bueno —dijo el Curri—. Vamos a abrirnos, que estos pringuis no se enteran de qué va la movida.

—Para ser especial no basta con raparse —dijo el otro—. Para ser especial hay que tener coco y no estar podrido por la sociedad.

Y se tocó la cabeza.

Casi me dio pena. Seguro que de las tres ideas que se aburrían en su cerebro, si es que a eso se le podían llamar ideas, los rojos son como demonios, los de otra raza inferiores, y además nos quitan el trabajo, ninguna era suya, y a eso le llamaba tener coco y no estar corrompido. Ellos retomaron su camino, y nosotros el nuestro, sin hablar. Alber parecía preocupado. A mí, la gente que se cree especial hasta me hace gracia. Una vez leí en una revista: «Copito de Nieve es especial, y él lo sabe». Copito de Nieve es el gorila albino del zoo de Barcelona. En 1966, en Guinea Ecuatorial, un campesino fang abatió a tiros un gorila que devastaba su plantación de plátanos. El gorila era hembra, y entre su pelaje negro apareció ese raro ejemplar blanco. Todo eso y más relataban en el reportaje. Copito de Nieve se sentía especial, igual que el Curri y su colega. Pensar en eso me hacía gracia. Desde que había leído ese artículo, siempre que veía a algún fatuo que se sentía por encima de los demás, pensaba: sí, igualito que Copito de Nieve, no te fastidia. En cuanto a Alber, no sé en qué iría pensando.

—Tú tranqui, no te agobies —le dije para animarle—. Retrasados los hay en todas partes, pero son minoría.

Cuando llegamos, mi hermano nos esperaba. Había subido con la Rieju.

—Siento lo de la moto —dijo Alber—. ¿Le contaste?

—Sí —respondió mi hermano por mí—. Os pusieron guapos, ¿no? Eso os pasa por saliros de vuestro territorio. Y por la moto no te preocupes, relax, ya tenía más rayajos que un disco de La Sirena. Además, una moto sin rayajos es como un hombre sin cicatrices, como un jardín sin flores.

—¿Y eso? —señalé los anteojos que llevaba colgados del cuello.

—Toma —dijo—. Son del Milio. Echad un vistazo.

Cogí los prismáticos, y enfoqué la casa de don Vicente.

—Más vale que os olvidéis de lo de la pintada. He venido aquí un par de días, a fisgar, y ahora, además del Lobo Rosario, está también el Cafre. Mirad los bates de béisbol que tienen a mano, os aseguro que no son para echar una pachanguita a la hora de la siesta.

Dirigí los prismáticos hacia el Cafre, que estaba tumbado a la bartola en una hamaca, bebiendo una lata de cerveza, con el ombligo al aire, porque la camiseta no le llegaba a la cintura, y sacándose una pelotilla, para que no le faltara nada a la estampita. Tenía fama de ser muy mala gente. Decían que incluso había estado acusado de homicidio, pero que el abogado de don Vicente le había sacado de la trena por falta de pruebas.

—Por la noche, un guardia jurado, de esos a los que les molan las pelis yanquis de disparar primero y preguntar después. No os podéis comer ni media rosca. Lo tuyo fue una chiquillada.

Se refería a mí. Le pasé los anteojos a Alber.

—¿Os acordáis de Tolosa, ese que se encontraron hace un año apuñalado, no muy lejos de la M-40? Soltaron al Cafre por falta de pruebas, aunque le vieron privando con él esa misma noche. Bueno, pues el Lanas me contó que fueron entre él y el Lobo Rosario, y que uno de ellos le metió tres veces la navaja hasta las cachas, y cada vez que se la hundía la subía hacia arriba, y le decía: Venga, al cajón de pino, al baúl de los recuerdos.

—¿Y por qué no le denunciasteis?

—A mí el Lanas me lo contó hace cinco días, y antes no había dicho ni pío a nadie porque estaba muerto de miedo. Y desde hace cuatro está muerto de verdad.

—¿Por eso? ¿Por chivato?

Mi hermano se encogió de hombros.

—Ni flores, no creo. La palmó él solito, por meterse mierda. Pero el caso es que ahora está fiambre y yo puedo decir misa.

Alber me devolvió los prismáticos.

—Lleva media hora sacándose una pelotilla, qué asco —dijo, como si eso fuera lo que más le había impresionado de todo.

Anochecía, y la luz naranja del atardecer empezaba a teñir suavemente la tierra, y más lejos, el trigo, el ladrillo y la piedra.

—Bueno —dijo mi hermano—. Prometedme que os olvidáis del asunto. Es mala gente, y vosotros sois críos. Tenéis catorce años.

—Quince —le corrigió Alber.

—Para el caso... Y tú, catorce.

—Cumplo quince dentro de nada.

—Vale, entre los dos no llegáis ni a treinta, pero sois muy mayorcitos... y me lo prometéis, ¿no?

Me disponía a dar mi palabra, encantado de encontrar una salida honrosa para todo el maldito embrollo, pero el merluzo de Alber se me adelantó.

—¿Qué harías por amor? ¿Qué harías por una mujer?

En eso era en lo que había estado pensando, el muy capullo: ni en lo de Copito de Nieve, mientras veníamos andando, mudos, ni en el Cafre y su compi, el Lobo Rosario, ahora, sino en Sira, todo el rato en Sira y en su condenado amor platónico. Había formulado la pregunta con una voz ronca, y mi hermano, súbitamente pálido, grave, él, que no era religioso, se postró de rodillas, y juntó la palma de las manos, y vistos desde lejos, en aquel promontorio, hubiéramos podido parecer Jesucristo orando en el monte de los Olivos con dos de sus discípulos, aunque la verdad es que no había ni medio olivo, y que Dios me perdone si esto es una blasfemia.

—Por ella —dijo— me dejaría arrancar el corazón con un cuchillo, y si no fueras tú, sino el diablo quien me hubiera hecho esa pregunta, me habría arrodillado como ahora, y habría ofrecido mi pecho, feliz de dar por ella mi corazón. Eso haría por una mujer. Eso es el amor.

Alber tragó saliva. Dichosa pareja. Mi mejor amigo y mi único hermano. Los dos estaban para que los encerraran, o para que se los llevaran de gira teatral. El próximo verano, casi mejor lo pasaba con Charli en la playa. Me perdería estos espectáculos, pero sería más tranquilito.

Mi hermano se puso en pie. Alber estaba impresionado.

—Vamos —dijo mi amigo.

Y nos fuimos sin prometer nada.

28

Os gusta estar acostados por la noche y oír en la lejanía el rumor que se va apagando de un tren que pasa? ¿Os gusta oír el traqueteo en los raíles y el zumbido del aire que desplaza? A mí sí, porque me imagino que allá afuera hay un mundo lleno de posibilidades y aventuras y emociones, y que si las cosas van mal, que si van rematadamente mal y se ponen verdaderamente feas y parece que no hay forma humana de enderezarlas, siempre puedes salir a la oscuridad, al viento y al frío, o ahora, en verano, a la calma y al calor, al mundo, escapar, y desde mi cuarto oigo con frecuencia el ruido de los vagones cortando la noche, son trenes que van hacia Andalucía, y la vía férrea queda un par de kilómetros más allá de la vía muerta al borde de la cual se aposta la Reme, qué vida arrastrada la suya. En eso pensaba, en los trenes y en las guitarras, en vagabundear, en ser libre e independiente y no tener ataduras, cuando los versos de juventud de mi padre volvieron a trepar por la fachada hasta llegar a mi ventana:

—¡Qué suerte tu marido, bonita! ¡Qué suerte tu marido, feliz!

Y así un par de veces, hasta que se escuchó una persiana que se subía y una ventana que se abría.

—¿Elena? —la voz de Maldonado, esperanzada, jubilosa.

—¡Qué Elena ni qué ocho cuernos! ¡Soy yo, Maldonado! ¡Soy Castro, hijoputa! —la voz de Castro, airada, furiosa.

—¿Castro? —el cortejador—. ¿Pero no estabas en Chinchilla?

—¡Encima con cachondeo! —el marido—. ¡Espérame, que bajo!

Y me imaginé a mi madre mirando acusadoramente a mi padre, porque era una poesía suya, de juventud, ¿pero qué culpa tenía él, si un día se la había enseñado a Maldonado en la oficina, y Maldonado había hecho una fotocopia y se la había aprendido?, aunque bueno, mi madre lo sabía tan bien como yo, y por eso lo de mirarle acusadoramente era una broma que se traían entre ellos, y las palabras escalando los muros y colándose por los huecos, qué suerte tu marido, bonita, qué suerte tu marido, feliz, y ahora los tortazos, Castro en pijama y bata, y con botas, y Maldonado con sus mejores galas, porque para hacer la rondita se trajeaba, e incluso llevaba prendido un clavel rojo en el ojal, y el clavel salió volando a las primeras de cambio, y un par de pétalos color amor se desprendieron y mancharon el asfalto de sangre, y yo pensé en el bosque del dolor, y Castro y Maldonado se pegaban sin pegarse, te doy no te doy, que casi parecía que estaban jugando a tula, porque enganchar una buena galleta que le deje al otro K.O. o al menos grogui no es tan sencillo, se lanzaban puñetazos pero los golpes no llegaban con nitidez, y se empujaban y gritaban, y se llamaban de todo, pero sobre todo hijoputa, maricón y no sé qué de tu madre, y también payaso, payaso, payaso tú, pero mira que eres payaso, ¡payaso!, y las dos amenazas más repetidas eran ahora vas a ver y te vas a enterar, ahora vas a ver, maricón, por ejemplo, y un terrible puñetazo que apenas rozaba al adversario o aterrizaba en sus brazos, y los vecinos asomados a los balcones y yo a la ventana, como si fuera la zarzuela o los toros, y todos nosotros en los palcos, disfrutando del espectáculo, y encima gratis, y menos mal que enseguida llegó la policía municipal y les separó, justo cuando bajaba la mujer de Castro diciendo que pararan y que no había pasado nada, *niente de niente*, decía, en italiano, no sé por qué y no sé si mal dicho, y yo mirando, y pensando, eso es lo que son capaces de hacer por una mujer, por lo menos por una con tipazo de artista, de cabaretera, vamos, y mi hermano, que le arranquen el corazón, y Alber ya veremos, ¿y yo?, yo nada, ¿de qué?, que se arranquen ellas el corazón por mí, y ya derramaré yo las lagrimitas, ¿no te fastidia?, que se peguen ellas, que se arañen y se arreen un bolsazo en las napias y se tiren de los pelos, como Castro, que le había dado un tirón de pelo a Maldonado, y Maldonado le había llamado maricón por eso, y Castro le acusó de lo mismo a Maldonado, y Maldonado diciendo, ¿Tirarte yo a ti del pelo, payaso?, si no hay de dónde, y era cierto, porque Castro era calvo, y me acordé entonces de los besos telefónicos de Sandra, esos besos que nunca habían existido, ¿yo, pegarme por una tía?, sí, hombre, seguro.

Como por culpa de Castro y de Maldonado y del calor había dormido fatal, por la tarde me eché una siestecita, y mi padre, cuando me levanté, me mandó a por tabaco. Mi hermano me acompañó. En el bar habían coincidido el Lobo Rosario y Sira, que había ido a dar un recado a la Chari. El Lobo Rosario miraba insistentemente a Sira, sin apartar ni un instante sus ojos, mal educado y bravucón que era, y sin conseguir que Sira le prestara la más mínima atención. Nos acercamos a pedir el tabaco, y Sira, al vernos, nos sonrió. Esto no le hizo mucha gracia al macarra.

—Benditos mis luceros, el artista, ¿con qué música vas a regalarnos los oídos hoy? —y dijo esa frase haciendo una especie de afectada reverencia, y luego se echó a reír.

—Con ninguna —respondió mi hermano—. Hoy me voy al cine con Sira.

Sira le miró alarmada. La Chari me dio el paquete, y pagué.

—De eso naa. La niña ha quedao conmigo.

Sira le miró con desprecio. Me fijé en que la mano de mi hermano se deslizaba lentamente hacia el pesado cenicero de cristal que había sobre la barra.

—Yo, esta tarde, me voy con mi madre.

—¿Pero cuál te tira más, plata? ¿Yo —el Lobo Rosario se golpeó el pecho— o ése?

—Ninguno de los dos —dijo Sira, indignada, y salió del bar decidida y rápidamente.

El Lobo Rosario se rió, con esa risa tan desagradable que tenía, mitad de dientes y mitad de huecos entre los dientes. Mi hermano se relajó, y sus dedos se alejaron un par de centímetros del cenicero.

—¿Has puesto la antena, chacho? Ni tú ni yo, pero por éstas que esa potranca va a ser mía...

El Lobo Rosario escupió en el suelo, y nosotros salimos del bar.

—Ha dicho eso para protegerme —dijo mi hermano, ya fuera—. Porque es verdad que hoy voy a ir al cine con ella. Pero si se me llega a acercar el Lobo Rosario, le abro la cabeza con el cenicero y me quedo tan ancho.

Me alegré de que el Lobo Rosario no se hubiera acercado, y subimos las escaleras en silencio. Antes de entrar en casa, le pregunté:

—¿Pero no me has dicho siempre que las palabras son mejores que la violencia?

—Y es verdad —respondió él—. Pero si el Perro Rosario te planta el hocico a menos de un metro, a lo mejor ya no hay tiempo para las palabras.

29

Al día siguiente, cuando regresaba de dar de comer y beber a Charli, por la tarde, enfrente del bar del Seispesetas, al otro lado de la calle, había un grupo de tíos, cinco o más, que no hablaban, sino que se pasaban unas litronas y se empujaban de vez en cuando, mientras bailaban ensimismados la música bakaladera que salía de un radiocasete. Todos tenían cara de estar pedo. Conocía a alguno de vista. Se subían encima de un coche abandonado y se pasaban las litronas de uno a otro, ésa era toda su actividad. Sólo había una pava. La pava estaba de pie delante de un pavo sentado en el capó del Dos Caballos abandonado. Morreaban y se metían mano, como sin interés, por aburrimiento o compromiso, para que los otros vieran que estaban enrollados. Sólo dejaban de hacerlo cuando les llegaba una de las botellas. No parecía importarles estar pisando papeles y basura. La cerveza y la música de la radio eran lo único que les interesaba.

—Eh —dijo uno—. Tú eres colega de Alber, ¿no?

—Sí —dije.

—Pues le han dicho que has quedado con él donde los trastos, para que vaya y así currarle a gusto.

—¿Quién?

—Si es para currarle, quién va a ser, el Curri. Curri, currar, ¿captas?

Dos o tres se rieron como raquíticos mentales.

—Gracias —dije.

Y como la moto de mi hermano no estaba, fui corriendo hacia el sillón desfondado y los enseres tirados, donde Alber y yo nos reuníamos en ocasiones. En esta oportunidad no tenía a Alber para que me marcara el ritmo, e intenté dosificar mis fuerzas, y además, pensé, tienes que reservarte algunas por si la pelea, y mientras corría, pensaba que el barrio era cada vez más violento, o a lo mejor siempre había sido así, y me estaba enterando ahora, porque me hacía mayor y con quince o veinte años la gente está más quemada, o porque me había hecho amigo de un mulato. Me daba rabia meterme en fregados, porque odiaba las peleas, Maldonado y Castro por una mujer, los rockeros melenas y nosotros por unas pintadas, yo con el Maxi por defender a mi hermano, cualquier día mi hermano y el Lobo Rosario por Sira, y ahora, Alber y yo, ojalá no, con unos cerdos racistas, por nada, sólo porque su madre fuera de Mozambique, y yo corría y pensaba todo eso, pensaba que fostiarse era de imbéciles, de brutos, de animales, mi trote espantó a una urraca, y seguí su vuelo blanco y negro hasta que se posó cien metros más allá, en las lindes del sembrado, cerca del bosquecillo de pinos y el horno de ladrillos, e inmediatamente avisté los sillones desechados, las lavadoras oxidadas, los butacones destripados, los enseres desperdigados de mala manera, y como no vi a nadie, reduje la velocidad, y llegué andando al lugar de la supuesta cita.

—¿Alber? —llamé, por si estaba por ahí, oculto—. ¿Alber?

Inesperadamente, me encontré rodeado por tres punquis, que habían permanecido escondidos detrás de los muebles inservibles, aunque bueno, ahora habían servido para eso, para que no les viera. Les miré, receloso, midiendo las distancias, en tensión. Di un par de pasos, y ellos se movieron para cortarme la huida.

—Llegas tarde, jodío calvorota —dijo uno que tenía una cresta de pelo verde.

—No soy un calvorota.

—¿Ah, no?

Y entonces, recordé mi nuevo aspecto, al que todavía no me había acostumbrado, y la confusión del amigo del Curri, el especial, que también me había tomado por un cabeza rapada, en esa ocasión, por uno de los suyos.

—¿Y qué haces aquí?

—He venido a...

Uno de ellos, el que iba todo de negro, me dio un golpe en el pecho con la palma abierta, y me cortó la respiración.

—Ha venido a currar a nuestro amigo negro.

—No, yo...

—Skin de mierda —el de negro me dio un manotazo en la cara—. Te vas a enterar.

—He venido a...

El tercero, que tenía un pendiente en la oreja y parecía muy nervioso, porque daba saltitos todo el rato, murmuraba:

—Vamos a dejarnos de palabras, hostias...

Y me lanzó una patada. Le agarré la bota y le desequilibré. Los otros dos se me echaron encima. Al principio intenté devolver los golpes, comerciar, toma, yo te doy una patada en las pelotas, vale, guay, pues yo te la cambio por un mordisco en la oreja, chachi, ¿qué te parece este directo en los higadillos?, mola, ¿y a ti este gancho en los cojoncillos?, ¿mejor?, pero pronto me limité a protegerme.

—¡Skins de mierda, fachas, os vamos a cortar los huevos a todos!

Empecé a ver estrellas y manchas rojas y cortocircuitos y apagones y todo negro, y me imaginé que era López-Alegría entrando en una zona de turbulencias y que perdía el control de la nave, vi más luces y me imaginé que me había enamorado platónicamente y que cuando estás enamorado la vida es como una feria, con música y lucecitas, lancé un puñetazo a ciegas y sonó croc y me alegré, y me dieron una coz y caí, y me hice un ovillo y me cubrí la cabeza con los brazos, y mientras recibía un cursillo acelerado de patadas me imaginé que era un bicho bola.

Entonces escuché la voz de Alber.

—¿Qué hacéis? ¡Parad!

Abrí los ojos, y vi que Alber empujaba a los punquis para que me dejaran en paz. Me quedé sentado, sintiéndome como un perro apaleado. Me dolían el costado, las sienes, los brazos y las manos, las piernas, me dolía todo, el barrio, el mundo, estar vivo. Me hubiera gustado encontrarme solo para romper a llorar.

—¿Qué tal estás?

Alber había puesto sus manos en mis hombros. No contesté. Moví las articulaciones y me palpé las costillas para comprobar que no tuviera nada roto. Me hubiera gustado ser un halcón, y volar.

—Pero... ¿No es de los que iban por ti? —dijo el de la cresta verde.

—No —repuso Alber—. Es mi amigo. ¿Qué haces aquí?

—Me enteré —dije. Estaba terriblemente cansado—. Venía a avisarte.

—Joder —dijo el del pendiente en la oreja—. Perdona, tío, pero como llevas el pelo rapado...

—Como tengo el pelo rapado, me habéis dado una paliza.

Me levanté. Me sentía débil, y me temblaban las piernas.

—Estos colegas tuyos son iguales que el Curri, Alber.

Alber desvió la mirada, incómodo.

—Todos los violentos sois iguales —dije—. ¿Qué más da que digáis que sois de derechas o de izquierdas? No sois de nada, sois de la mierda.

Me arrodillé y vomité. Me sentía desfallecer, y el amargo sabor de la bilis me producía repugnancia. Escupí. Estaba desmoralizado.

Sin comérmelo ni bebérmelo, era la tercera vez que me zurraban aquel verano. Si mi madre lo supiera, se moriría. Y por esa razón tampoco ahora contaría nada en casa.

—¿Qué tal estás, tío?

Alber descansó una mano en mi espalda, y me proporcionó un pañuelo.

—Diles que se vayan —dije.

No oí a Alber decir nada, pero sus colegas empezaron a retirarse.

—Lo siento, tío —dijo uno de ellos, a modo de despedida.

No contesté. Vomité un poco más, volví a escupir para quitarme el sabor, y me limpié la cara y la boca con el pañuelo de Alber.

—No sé qué decirte —dijo Alber.

—Pues no digas nada —contesté—. A ti iban a pegarte por negro, y a mí por tener el pelo corto. No sé cuál es la diferencia entre unos y otros. Si la sabes tú, dímela.

Le devolví el pañuelo, que tras doblarlo se guardó sin asco, y empezamos a caminar hacia nuestras casas.

—La diferencia... —empezó Alber, pero se calló.

Volvimos en silencio, sin gastar ni una palabra más.

Ah, sí, Alber pronunció una:

—Gracias.

Y yo dos, más seco que un reloj de arena:

—De nada.

30

Dos días después de la paliza, Alber, que por eso del honor y del amor platónico seguía queriendo hacer la pintada en el chalé de don Vicente, tuvo una feliz idea que desde un principio a mí no me enrolló nada: camelarnos a la Reme para que distrajera al Lobo Rosario, y así nosotros colarnos y pintar en el salón principal o donde pudiéramos algo sobre Sira, o sobre el Amazonas, que se estaba muriendo y había que salvarlo. Le dije que la idea era disparatada, y él me contestó medio de malas pulgas que si se me ocurría algo mejor. Como yo negara con la cabeza, dijo:

—Pues entonces.

Yo, desde luego, tenía menos ganas que nunca de buscarme líos y meterme donde no me llamaran. Aún me dolían un brazo y una pierna, bastante había recibido ya, pero le acompañé, un poco por curiosidad, otro poco por no dejarle en la estacada... y otro poco a regañadientes, porque como ya he dicho el asunto no me hacía demasiada gracia. Fuimos caminando en silencio, pues desde la tunda Alber y yo hablábamos menos, y cuando ya divisábamos a la Reme, de pie para que se la distinguiera bien, para no pasar desapercibida, con el bolso colgando y las piernas al aire, y un cigarrillo sin encender entre los dedos, abrí la boca para decir:

—Igual quiere dinero.

Alber no dijo ni mu, y me habría gustado saber qué pensaba: probablemente, lo mismo que yo, y por eso marchaba tan taciturno, que la Reme no iba a hacer eso por gusto, jugarse el pellejo por nosotros a cambio de nada, y que no íbamos a poder ofrecerle pelas, porque de donde no hay no se puede sacar.

—Hola, hombrecitos —nos saludó la Reme cuando estuvimos al alcance de su voz sin que hubiera de forzarla—. ¿Qué se les ofrece?

La Reme tenía treinta y pico años, pero estaba vieja y gastada y aparentaba diez más, la mala vida. En ella no había nada que fuera hermoso ni nada que repugnara, ni chicha ni limoná, como decía el Alicates, ni sus ojos, ni su boca, ni sus piernas ni su forma de vestir ni su nada. Como no era hermosa, era fea, pero soportablemente fea, y algo en ella me enternecía, y me angustiaba a un tiempo. Destacando contra el fondo, contra los descampados y los edificios, y en la línea de horizonte el cielo arrebolado y los enormes depósitos cilíndricos, un fotógrafo habría podido hacer una buena fotografía de la Reme, una de esas fotos que dan que pensar y que hacen sentir y fantasear, una de esas imágenes desoladas y algo amargas y melancólicas, sí, como sin mucha esperanza, pero también preñadas de vida y de tiempo, de una extraña poesía.

Como no respondiéramos, añadió:

—¿No será lo que me estoy barruntando? ¡No seríais los primeros del barrio que se estrenan con Reme la Atómica! —y se echó a reír de una forma basta y grosera, pero llena de empuje y energía, de ganas de vivir, una risa que las mujeres educadas tratan de reprimir pero que a veces se les escapa, precisamente cuando ríen más de verdad.

Permanecimos en silencio, un tanto incómodos. Yo, porque la idea había sido suya, ¿o no?, así que no pensaba decir ni pío, y Alber, porque no se atrevía, o no sabía cómo empezar. La Reme nos miró con acrecentado interés.

—Vaya, vaya —murmuró para sí, pero lo suficientemente alto como para que la oyéramos—. Vaya, vaya, aquí hay playa... Venga, hablar, que aquí nadie se come a nadie... ¡Si queréis os hago un descuento, un dos por uno! ¡O una japijauer! ¡Además, seguro que tardáis menos que otros! —y de nuevo soltó esa risotada gutural que impresionaba un poco—. ¿Tenéis fuego?

Negamos con la cabeza. Me estaba empezando a impacientar, y apremié a Alber con la mirada. Al fin, se arrancó.

—Verás, Reme.... Queremos que nos hagas un favor...

—¿Un favor?

La Reme se puso seria. Cómo es la gente... Todo el mundo jijí, jajá, pero cuando pides algo...

—Sí —dijo Alber, con repentina decisión—. Que despistes al Lobo Rosario y al Cafre para que nosotros hagamos unos dibujitos en la mansión.

—¿Unos dibujitos? ¿Y para cuándo éstos?

La Reme indicó con la cabeza los vagones abandonados. Solamente habíamos pintado uno, y a medias. No los habíamos terminado porque no teníamos pelas para más bombas. Así eran aquellos días: teníamos tiempo, y teníamos ganas, y teníamos ideas, pero no teníamos pelas. Nuestra sangre circulaba plácida y sin obstáculos, como un río tranquilo, nos sentíamos fuertes y libres, como un torrente turbulento, pero no teníamos un triste duro.

Alber se encogió de hombros. No le gustaba reconocer que andábamos algo escasos de fondos. A mí me daba igual. No era culpa nuestra. No tener dinero era un fastidio, sí, pero no una deshonra: mucho más deshonrados estaban muchos que lo tenían. Así me habían educado, eso decían mis padres, y yo les creía, porque ellos lo creían.

Alber dijo, astutamente:

—Si nos haces ese favor, te los pintamos gratis.

—Pero vamos a ver, criatura —dijo la Reme, algo cansada del asunto—. ¿No ves que yo soy una profesional? ¿Te crees que me la voy a jugar por unos dibujinis? El Lobo Rosario no se anda con bromas, y el Cafre, no hay más que verle, da un susto al miedo, con esa barriga que tiene, que una se imagina que la va a aplastar y se va a morir por afisia, como un pez, como para hincarle el diente. Además, ¿qué se os ha dao a todos? Ayer vinieron el Maxi ancompani con lo mismo.

—¿Y qué les dijiste?

—A ésos les dije que sí —dijo la Reme, mirando al horizonte, como una heroína de alguna película vieja y gastada—. Porque me dieron dos mil duros, y la Reme por dos mil duros sí hace favores.

—¿Y cuándo es eso? —pregunté.

—Mañana a las siete.

Alber me agarró de un brazo.

—Vamos —dijo.

Comenzamos a alejarnos.

—¿Has visto? Ha pedido fuego, y ninguno teníamos.

—¿Y qué?

—Pues eso —dijo Alber—. Pues que si me lo pide Sira un día, me gustaría poder dárselo.

Se había levantado un vientecillo que hacía más agradable la temperatura. El sol ya no quemaba, pero su aspecto seguía siendo fiero, como el de un guerrero herido y cansado que aún conservara su lanza, y todos sabíamos que mañana volvería con renovadas intenciones de abrasarnos. Si no fuera por él no habría vida, y sin embargo yo, y muchos otros como yo, ingratos, a veces lo maldecíamos.

—¡Eh, tú, artista!

Alber se volvió. La brisa agitaba los cabellos de la Reme, y otra vez parecía una fotografía triste y desolada.

—¡Los dibujinis son guays, pero aquí se cotiza con vil metal!

Y soltó otra risotada, que nos llegó fuerte y clara a pesar de que ya nos encontrábamos a cuarenta o cincuenta metros.

—¿Sabes, Alber? —dije, cuando habíamos caminado un buen trecho—. Si el Maxi y compañía han tenido esa idea, es que era una ful de idea.

—Las hay peores —se defendió.

—En los cubos de basura.

No replicó nada, y seguimos caminando.

—Mañana, a las siete, al palco a ver la función, ¿no? —dijo Alber, al despedirnos.

—Vale —aprobé.

Y le di un puñetazo amistoso en el brazo.

No me lo devolvió, a lo mejor porque se acordaba de la paliza que yo había recibido a manos y pies de sus amigos.

31

Alber, mi hermano y yo llevábamos un buen rato de marrón en la loma, aguardando a que sucediera algo, y nada. Nos habíamos papeado ya los bocatas, Alber se había hecho un sombrero con un papel de periódico para protegerse del sol, y sólo nos faltaba la bota de vino para parecer aficionados en una tarde de toros, solamente que allí no embestía nadie, ni al Cafre le ponían un par de banderillas bien puestas, ni nada de nada. Yo me entretenía desmenuzando terrones con un palo, durísimos porque hacía más de un mes que no caía una gota, y claro, con decir que así era como me entretenía, lo que estoy diciendo es que me aburría como un mono.

—Ésos han hecho la del Culebrilla —dijo despectivamente Alber.

Pero no daba una, porque decir eso y aparecer la Reme por el polvoriento sendero que pasaba por delante de la casa fue una misma cosa.

—Haber hablado antes —dijo mi hermano—. Mirad.

Miramos, y vimos a la Reme, o mejor, a una figura de colores agresivos y chillones, como un loro o un papagayo, que se acercaba al chalé por el este, por donde salía el sol, y que suponíamos que era la Reme. Mi hermano lo confirmó con la ayuda de los prismáticos.

—Es la Reme.

Cuando, tras un minuto de saleroso andar, la Reme se había puesto ya a tiro de piedra, el Lobo Rosario salió a su encuentro, y comenzaron a hablar, a decirse piropos o a insultarse, cualquiera sabe, porque no podíamos oír nada. El Cafre ni se movió, siguió tumbado a la bartola, pero cuando la Reme ya estaba muy cerca, se levantó grasiento y perezoso, y le dio un pellizco en el culo. La Reme se apartó y soltó una risotada, o a lo mejor eso me lo imaginé yo.

—Quiere llevarse a los dos —dijo mi hermano.

No es que él les oyera, claro, pero con la ayuda de los anteojos podía hacerse una idea de lo que se estaba cociendo. Alber y yo estábamos todo el rato dándole codazos y pidiéndoselos, pero nada, no había manera.

—Venga, anda, déjamelos un momento.

—Venga...

—¡Que me dejéis, pesados!

Y así todo el rato, como niños pequeños. Se los prestó un momento a Alber, y como Alber se pasó de tiempo y tuvo que recuperarlos a la fuerza, no se los volvió a prestar. A mí me los dejó quince segunditos, y cuando se los devolví, pensé que a lo mejor Alber había hecho bien, porque total, quince segunditos no son nada, un cuarto de minuto, nada. El Cafre mantenía a la Reme agarrada de la cintura, y era tan grueso y tan grandullón que parecía un gorila con su cría, y yo me acordé de la historia de Copito de Nieve, y el agricultor fang, y el gorila hembra devastando el platanar.

—Atención —dijo mi hermano—. Ahí están.

Desde donde nos hallábamos, veíamos dos fachadas, la norte y la este. El Cafre, la Reme y el Lobo Rosario estaban junto a la norte. La casa les impedía ver las cuatro figuras que avanzaban a la carrera campo a través. Eran Maxi y los suyos. Uno transportaba algo que entorpecía sus movimientos.

—Parecen chacales —dijo Alber.

—El rezagado trae un bote de pintura —informó mi hermano—. Si llegan hasta el muro y la Reme les sigue distrayendo, igual lo consiguen.

El Lobo Rosario, que, la verdad, llevaba ya un rato sin hacer ni caso a la Reme, comenzó a dar una vuelta alrededor de la casa.

—Les van a pillar —dijo mi hermano.

Pero justo cuando el Lobo Rosario iba a doblar la esquina y a empezar a bordear la fachada este, el Maxi y los suyos, por intuición, o casualidad, o por descansar, o yo qué sé por qué, se echaron al suelo, y se confundieron con el terreno, tapados por los matorrales, piedras y hierbajos, protegidos por su inmovilidad. Cuando el Lobo Rosario empezó a bordear el muro sur, desapareció de nuestra vista. El Cafre agarró de la mano a la Reme, y de un tirón la condujo hacia el interior de la construcción. La Reme se resistió al principio, pero el Cafre, haciendo, como de costumbre, honor a su apodo, se la llevó a rastras. De pronto, diríase que no había nadie, sin contar a los dos obreros que, ajenos a todo, y mucho más allá, levantaban la tapia del futuro jardín. Era como un descanso en el teatro, y sin embargo, la función continuaba: el Cafre y la Reme perdidos en el interior de la casa casi terminada, el Lobo Rosario haciendo la ronda, el Maxi y compañía agazapados, nerviosos, sus corazones latiendo deprisa, como salteadores...

—¿Ves algo?

—Nada —repuso mi hermano.

En realidad, la pregunta era una chorrada, porque ver, lo que se dice ver, nosotros podíamos ver lo mismo que él, aunque con menos detalle. Repentinamente, a una, el Maxi y los otros tres se levantaron y echaron a correr hacia la casa. Antes de que alcanzaran el muro sur, el Lobo Rosario dobló la esquina y quedó otra vez a nuestra vista, en el norte.

—Son el Maxi, el Cenutrio, el Tasio y el Volteretas, están todos, menos Nati... Igual lo consiguen —murmuró mi hermano.

Pero, de pronto, las cosas se liaron, lo cual, si lo pensamos un momento, es bastante normal, que las cosas se líen, quiero decir, y en el fondo, si lo pensamos otro momento, incluso las cosas que aparentemente no están liadas, lo están por debajo, porque sí, todo muy normalito, pero luego, cuando te adentras en los pensamientos de la gente, en sus deseos y frustraciones, en lo que en realidad querría pero no se atreve a decir, o a intentar, lo flipas, y todo es un lío monumental, o al menos eso decía mi madre, aunque ella no decía que lo flipas, claro, decía que te llevas cada sorpresa. Bueno, no me voy a enrollar, la cuestión es que todo se lió, la Reme salió corriendo por una puerta, y detrás de ella el Cafre, que para la mole que era no corría lento del todo, y la Reme le decía a gritos que se apartara, o eso creí oír yo, y como el otro se acercó más, le endiñó un bolsazo en la jeta que casi le tumba. La mata, pensé yo, el Cafre la mata. Atraído por el escándalo, apareció el Lobo Rosario, que intentó apaciguar al Cafre, pero el Cafre, pumba, se lo quitó de encima como si de un mosquito se tratara. La Reme aprovechó para salir por patas, y en vez de tomar campo a través, no se le ocurrió otra cosa que dar la vuelta a la casa, seguida por las dos joyas de la corona, y entonces, claro, el Maxi y los otros se vieron descubiertos y también echaron a correr, parecía un tiovivo, todos corriendo detrás de todos, aunque unos escapando y otros persiguiendo a los que escapaban. Dieron una vuelta completa a la casa, todos gritándose y llamándose de todo y amenazándose, me figuro, todos, sin contar a los obreros, que presenciaban la escena alucinados. Súbitamente, el Cafre y el Lobo Rosario se pararon y se pusieron a correr en sentido contrario. La Reme, el Maxi, el Cenutrio y el Tasio hicieron lo mismo, que no sé cómo se lo olieron, pero el pringado que llevaba el cubo de pintura no varió el sentido, y claro, a la vuelta de la esquina se encontró cara a cara con los matones. La Reme y los otros escaparon campo a través, en desbandada. Cobardes, pensé, hienas, gallinas. Habían dejado a su colega solo, abandonado a su suerte. Entre el Cafre y el Lobo Rosario empezaron a golpearle, a pasárselo el uno al otro de un puñetazo, sosteniéndole para que no se cayera, resguardados de la vista de los obreros por la casa. Mi hermano se retiró hacia la moto, y supuse que era porque no quería verlo, pero yo seguí allí, como hipnotizado, clavado al suelo en plan ciprés. Pim, pam, pim, pam, como si fuera un partido de tenis, se lo pasaban el uno al otro a guantazos. Le matan, pensé, le matan, y yo testifico, claro que sí, testifico y les meten en la trena una temporadita, yo no me callo como el Lanas, les denuncio y digo, señor juez, yo lo vi todo, ¿identifica a esos dos hombres que están levantados?, sí, señor juez, son ellos, ellos le finiquitaron a golpes, ¿cómo ha dicho?, que eso, que le mataron, se lo pasaban el uno al otro como si fuera una pelota, como si fuera un pato mareado, y el pobre sangraba por la nariz, ¿cómo vio que sangraba por la nariz, desde tan lejos?, bueno, eso no lo vi, pero estaba cantado después de los cates que le pegaron, y el pobre Volteretas parecía que estaba borracho, y cuando el Cafre se hizo a un lado en vez de recogerle, el pobre se cayó y se quedó a cuatro patas, en el suelo, y entonces el Lobo Rosario cogió el bote de pintura, que lo menos pesaba diez kilos, y lo levantó por encima de su cabeza, le mata, pensé, le aplasta la cabeza como a un mosquito, le mata delante de nuestros ojos, y yo testifico, porque los que ven algo y se callan son unos cobardes, son cómplices, pero nada más pensar eso, los cerré, porque no quería presenciarlo, no quería presenciar cómo mataban a un chico, cómo le destrozaban la cabeza con un bote de pintura, da igual, pensé, aunque no lo vea digo que lo vi con mis propios ojos como le estoy viendo a usted, señor juez, porque sería verdad igual, los abrí, y el Lobo Rosario continuaba con el bote sobre su cabeza, y entonces... Entonces, vi que un rayo le cegaba, le daba en pleno rostro, como un disparo, en los ojos, el Cafre giró la cabeza hacia nosotros, y comprendí qué sucedía, mi hermano, con el espejo de la Rieju, deslumbraba al Lobo Rosario, y el Lobo Rosario, desconcertado, no sabía qué hacer. El Volteretas aprovechó la ocasión, cogió un puñado de arena de río de un montón que había para hacer mortero, se lo lanzó al Cafre a los ojos, y salió corriendo. El Cafre y el Lobo Rosario se quedaron un momento cegados por la luz y por la arena. El Cafre, enloquecido, lanzaba unos puñetazos tremendos al aire, que habrían sido capaces de derribar una vaca. No veía ni un cuerno, y estaba tan fuera de sí que zas, le atizó al Lobo Rosario en toda la jeta, y el Lobo Rosario soltó el bote de pintura, que chocó violentamente contra el suelo, y cayó redondo. Mi hermano le ha salvado, pensé, ha salvado la vida al Volteretas, y me sentí orgullosísimo. El Cafre levantó al Lobo Rosario cogiéndole por las axilas y le reanimó con dos cachetes que casi le vuelven del revés. Después, nos amenazó con un puño, y comenzó a marchar hacia nosotros, frotándose los ojos y seguido del Lobo Rosario, que aún debía de estar medio atontado. Mi hermano se guardó el espejo, y dijo:

—Bueno, ya no hacemos falta aquí, ¿no creéis?

El Cafre estaba hecho una fiera, pero nos encontrábamos muy lejos, a medio kilómetro o más, así que era imposible que nos alcanzara, sobre todo porque, puestos a correr, nosotros correríamos más. El Lobo Rosario, en cambio, se fue hacia la parte sur de la casa, que quedaba oculta. El Volteretas, mientras tanto, ya se había reunido con sus compañeros. Mi hermano bajó la pendiente en dirección a la Rieju casi a la carrera, y Alber y yo le imitamos.

—¿Para qué tanta prisa? —pregunté—. Están en el quinto pino.

—¿Y si tienen un buga? Seguro que no van hasta allí a pata —dijo mi hermano, que ya se había subido en la moto y la había arrancado—. Montad.

Condujo todo lo deprisa que se lo permitían las desigualdades del terreno, los baches y las piedras, de ésta se rompe, pensaba yo, adiós a la 75, pero nada, aquella moto aguantaba lo que la echaran, qué dura era, la tía. Llegamos a la carretera, que un par de kilómetros más allá desembocaba en la autovía, y nos escondimos en la cuneta, tirando la avispa al suelo, y echándonos nosotros también. Al cabo de un minuto o dos, apareció el Lobo Rosario, en un todo terreno.

—¿Veis? —dijo mi hermano—. Si no nos piramos a toda pastilla, ese cabrón nos pilla.

—Tiene un ojo morado, ja, qué risa —se mofó Alber.

Estaba demasiado lejos como para apreciarlo, pero seguro que tenía un ojo morado, porque la galleta del Cafre había sido de campeonato.

El Lobo Rosario dio unas vueltas por el campo, salió a la carretera cien metros más allá, y se dirigió hacia la ciudad.

—Ya pasó el peligro —dijo mi hermano—. Más nos vale que no nos haya reconocido. Si no fuera tan traidor, no me preocuparía, pero... Es de los que se acercan por detrás.

Nos quedamos allí sentados, bajo unos chopos, recuperándonos de las emociones, viendo cómo atardecía, cómo el sol se retiraba y la luz se iba haciendo cada vez más escasa. Una abeja se posó en mi brazo, su abdomen temblaba, y no me moví, pensando en su aguijón. Frotaba las patitas delanteras con la trompa, y la estiró, y siguió con su limpieza, y pareció que estaba fumando en pipa o algo así, y enseguida se fue.

—He sido como Arquímedes en el sitio de Siracusa —se chuleó mi hermano, mientras colocaba el espejo de la moto.

—¿Por qué? —dije.

—Porque he usado el sol como aliado... Arquímedes, concentrando la luz del sol con unos espejos cóncavos, incendió las naves romanas que asediaban Siracusa, y salvó así la ciudad.

Mi hermano sabía cosas que nosotros no sabíamos, porque había leído mucho, y por segunda vez en el trascurso de aquella jornada, le admiré.

Ya era casi de noche. Los tres estábamos ahí sentados, tan tranquilos, yo con mi hermano y con mi mejor amigo, en verano, hablando poquito, oyendo el rumor de la nacional, y la paz era con nosotros. Recuerdo ese momento tan tonto como uno de los mejores de mi vida.

Mi hermano se levantó para hacer pis. Se quitó las pajitas que se le habían adherido a la camiseta, y se alejó unos pasos. Alber aprovechó la circunstancia.

—Mañana por la noche, el guardia que esté listo —susurró—. Nos toca a nosotros.

Mi hermano regresó, y se sentó a mi derecha, y me pasó cariñosamente la mano por la nuca, a contrapelo. Una moto de gran cilindrada surcó la carretera como una exhalación, metiendo un ruido infernal. Me hubiera gustado decirles cuánto les quería, pero permanecí callado, porque esas cosas no le salen a uno así como así.

32

A la tarde siguiente, Alber y yo pasamos horas discutiendo qué íbamos a pintar. Él, claro, quería rendir un homenaje a Sira, su amor platónico, y a mí eso me inspiraba un poco de pena y hasta de vergüenza ajena, porque más claro que que Sira pasaba de él, agua, puede que ni supiera que existía. De mí sí, porque le llevaba cartas y era el hermano de mi hermano, del chico que imitaba a Roberto Carlos, y del que, a lo mejor, aún seguía enamorada, ¿pero de Alber? Alber sería, como mucho, el amigo del hermano pequeño —encima eso, pequeño, que ella nos venía grande— del chico que imitaba a Roberto Carlos, o sea, poco menos que nada, un cero a la izquierda, nada. Pensaba eso, pero no lo decía tan a las claras para no herirle, pues Alber era muy susceptible. Yo argumentaba que su amor (si es que se le podía llamar amor, pero también esa duda me la callaba) era individual y egoísta, pasajero, mientras que los problemas como la droga, la guerra y el desastre nuclear y ecológico eran colectivos y atañían a muchísima peña, eran verdaderos problemas, y eran esos problemas contra los que había que movilizarse y protestar. Pero Alber, erre que erre y dale que te pego, no se bajaba del burro, sostenía que lo más importante del mundo con diferencia era el amor, y que si era un amor puro y platónico como el suyo, pues todavía más, y a mí me alucinaba que el que dijera todo eso fuera precisamente Alber, el de la radio pirata, el de las preocupaciones sociales, el que no hace mucho pensaba que el amor en tiempos prerrevolucionarios —porque para Alber, antes de que se le fuera la olla con eso del amor platónico, solamente había dos estados: el prerrevolucionario y el revolucionario— era un engaño burgués, una maniobra de distracción, una trampa para bobos y egoístas. Estuvo a punto de dejarme K.O. por aburrimiento, pero algo en mí, por orgullo o por principios, se negaba a claudicar, juraba que vendería caro mi pellejo, y al final me venció, sí, pero a los puntos: pintaríamos primero algo relativo a Sira, mas luego, si había tiempo, protestaríamos contra las drogas, el paro y el hambre en África, y lo de la droga era importante, porque por el barrio corría el rumor de que ése era el origen de la fortuna de don Vicente, de que venía de venderla a precio de oro a pobrecitos desgraciados como el Lanas, que en paz descanse, y a otros que aún vivían pero que seguramente acabarían descansando en paz antes de tiempo, y pensé que tanto discutir sobre qué pintaríamos o dejaríamos de pintar era un poco como vender la piel del oso antes de cazarlo. Teníamos tres *sprays*, y la moto. Mi hermano nos la había prestado, creyendo que la queríamos para ir al centro, y no a la finca de don Vicente. Yo se lo había prometido, recordando aquella ocasión en la que de alguna manera me había pedido que le mintiese. Pero esta vez había colado, porque si no, ni loco nos hubiera dejado ir, después de lo del Volteretas. El chalé estaba casi listo, pero el muro del jardín, empezado hacía dos días, andaba aún a medias, lo cual constituía una ventaja. Como estaba vacío, solamente había un vigilante jurado. Se decía que, en una nave del polígono industrial, don Vicente almacenaba todo lo que haría confortable y lujosa su casa: alfombras, televisores, equipos de música, mesas, camas, sillas, colchones, sofás, cuberterías de plata, y que en un solo día, cuando la obra estuviera finalizada, ordenaría trasladarlo todo, y ya podría instalarse definitivamente.

Nuestro plan era también muy sencillo, y en cierto modo se parecía al de don Vicente: llegar allí, instalarnos en algún escondite, y en un descuido, cuando el pistolas echara una cabezadita, o un cigarrito, o una meadita, o lo que fuera, realizar rápidamente el bombardeo, y luego, al contrario que don Vicente, largarnos rapidito y para siempre. Fuimos con el faro apagado, para que su luz no nos delatara, y lentamente, sin forzar las marchas, para reducir al mínimo el ruido de mosquito furioso que hacía. Dejamos la moto a unos doscientos metros, sin candar ni nada.

—Por si tenemos que salir cagando melodías —susurró Alber, y yo pensé, mira que si nos la roban, qué bien.

Nos aproximamos sigilosamente, cuidando dónde poníamos el pie, encorvados, echándonos a tierra cada quince o veinte metros, tras un montículo, unos matojos más altos que el resto o unas piedras.

—Esto es pan comido —me animó Alber, cuando habíamos vencido ya la mitad de la distancia—. Lo primero será localizar al cabrón jurado —y me sonrió, con esa sonrisa tan suya, más de ojos que de dientes—. ¡Vamos!

Corrimos una veintena de metros, y nos tumbamos aprovechando una pequeña zanja. Allí permanecimos un rato, alerta, excitados, conteniendo la respiración. ¡Qué emocionante era! Empecé a incorporarme lentamente, para dar el último salto y pegarme al muro, pero Alber me sujetó de la muñeca, e hizo que me agachara.

—Chist. Creo que he oído algo.

Inmóviles, aguzamos los cinco sentidos, y cuando ya empezábamos a cansarnos y a creer que habían sido imaginaciones de Alber, escuchamos el chasquido de una rama seca. Al poco, justo donde pensábamos escondernos, donde habían empezado a construir la tapia, apareció una figura alta y oscura. Era el guardia jurado. Se detuvo y se quedó un momento de pie, con un pitillo en una mano y con la otra cerca de la pistolera, como un bravucón, mirando hacia nosotros, que permanecíamos quietos como estatuas, sin atrevernos ni a pestañear, ni a tragar saliva, ni a nada. ¿Nos estará viendo?, pensé, sin atreverme a respirar, más quieto que una lechuga. ¿Nos estará viendo? El jurado aspiró fuerte, y un puntito naranja, la brasa del cigarrillo, puso una nota de color en su negra silueta. Dijo algo entre dientes, tiró a la tierra la colilla, la aplastó con el tacón de una de sus botas negras y relucientes, y se fue bordeando la parcela, con sus andares chulescos. Seguro que cada dos por tres se pasaba un trapo para quitarse el polvo de las botas, el muy mamón.

—A ese capullo se le ven a la legua las ganas de usar la pipa —murmuró Alber.

Aguardamos aún medio minuto.

—¿Y si pintamos el muro? —propuse.

—¿Qué muro?

—Ése. El del jardín —susurré.

147

—Ni hablar —dijo Alber—. Tiene que ser la casa.

Nos levantamos y corrimos todo lo sigilosamente que pudimos hasta alcanzar el muro. Nos asomamos con precaución. No se veía a nadie.

—¿Dónde estará?

—Desconozco —musitó Alber.

La fachada norte de la casa —una de las dos que veíamos desde nuestro observatorio de la loma— quedaba a unos treinta metros. Alber agitó los acrosoles.

—Ese tío dispara si nos ve —dijo—. Y somos demasiado jóvenes para espicharla, ¿no crees?

—¿Qué quieres decir?

Alber reflexionaba. Con el ceño fruncido, se mordía el labio inferior. Yo no necesitaba reflexionar. Sabía muy bien qué había que hacer: abrirnos, pirarnos a casita, tomarnos un gazpachito y meternos en el sobre.

—Tú no sabes conducir, ¿no?

Vaya preguntita, como si no lo supiera. Negué con la cabeza. Alber estaba hablando demasiado, y más nos valía ahorrar palabras.

—Toma —me entregó las bombas—. Voy a distraerle con la burra. Tú aprovecha para pintar algo. Te recojo allí —señaló hacia el campo—, donde hemos dejado la moto, pero más cerca, dentro de cinco minutos.

Dicho eso, se fue corriendo hacia la 75, sin darme tiempo a replicar.

Un minuto después, oí el zumbido de la Rieju, y enseguida, vi su faro, que subía y bajaba, aproximándose a la casa, pero por el lado opuesto al que me hallaba yo, muerto de miedo. Aquello era un disparate, todo por cumplir una apuesta tonta. Pero ya me había comprometido. Asomé la jeta. No vi a nadie. Tampoco divisaba ya a Alber, aunque oía el ruido de la moto. Alber aceleraba y desaceleraba para llamar la atención del vigilante, iba y venía, se alejaba, regresaba. ¡Ahora!, me dije. Fui corriendo como un loco hasta la fachada de la casa, parcialmente iluminada por una farola de jardín. Estaba tan nervioso que al destapar uno de los aerosoles, se me cayó. Pasé de recuperarlo, no iba a ser como el tonto del Volteretas, que por no soltar el bote de pintura, casi no lo cuenta. Cogí otro y escribí a toda mecha: DROGAS NO. Nada de Sira. Quise pintar un halcón, pero me salió una especie de pajarraco grotesco, mitad cacatúa, mitad gaviota. Oí voces. No entendí qué decían, pero estaba claro que eran Alber y el guardia jurado, echándose flores y discutiendo. Entonces empezaron los ladridos, y comencé a cagarme de miedo. Dudé un momento. Estaba histérico, y no se me ocurría qué otra cosa hacer, así que vacié el *spray* apretando a tope, pintando una raya que subía y bajaba. Cuando lo terminé, lo tiré al suelo y me fui corriendo, sin mirar atrás, y ya despreocupándome del ruido y pensando en el tipo del pistolón, que seguro que andaba furioso y medio loco y con ganas de usarlo, y en los dientes del perro, y recordé las carreras de Charli, que corría por el campo con la misma seguridad que un atleta por una pista lisita y preparada. Me tropecé, ya fuera del muro, me hice daño en las manos y en un codo, rodé unos metros, pero me levanté y seguí corriendo, alejándome de la casa. Oí entonces una detonación, pero no miré para atrás. De pronto, a treinta metros de mí, surgió el faro de la moto. Grité y alcé los brazos para llamar la atención de Alber, que vino hacia mí y frenó en seco.

—¡Sube!

Al hacerlo, miré hacia atrás, y vi un bulto negro que se destacaba contra la línea más clara del cielo, y que venía hacia nosotros a gran velocidad.

—¡El chucho! ¡Acelera!

Alber aceleró. Estuvimos a punto de perder el equilibrio, pero pronto nos enderezamos. El perro ya casi nos había dado alcance. Entre la oscuridad, los nervios y la velocidad, no distinguía de qué raza era.

—¡Corre! —grité.

El perro brincó a mi lado. Vi cincuenta mil dientes y dos ojos que brillaban. Lancé una patada que le dio en el hocico, y de nuevo estuvimos a punto de caer. Ganamos unos metros, pero enseguida volvió a ponerse a nuestra altura. Otra vez solté la pierna, y noté que golpeaba con la suela en su boca abierta. En esta ocasión debí de lastimarle, porque dejó de perseguirnos, y se quedó atrás, ladrando amenazadoramente, cada vez más lejos.

—¡Ya no viene! —grité—. ¡Se ha cagado! ¡Cagueta!

—¡Cagón! ¡Cagacacas!

—¡Cagamelodías!

Empezamos a reírnos como descosidos, cogimos un bache más pronunciado que otros, y nos la pegamos. Cada uno salió despedido en una dirección. En el aire, Alber aún tuvo tiempo de gritar:

—¡Cagapedos!

La Rieju se deslizó chirriando, giró, y se quedó inmóvil, mirando en sentido contrario al que traíamos. Alber hizo involuntariamente la croqueta, y se frenó en unos cardos, mientras yo me arrastraba unos cuantos metros más, con las manos en la cabeza. Nos levantamos, doloridos pero todavía riéndonos, y Alber renegando y quitándose espinas de los brazos y el costado.

—¡Asco de cardos!

Pusimos de pie la moto, que se había calado, Alber metió punto muerto, arrancó, y a partir de entonces fuimos más despacio. Ya en la carretera, pregunté:

—¿Y el tiro? ¿Fue a ti?

—No creo —respondió—. Dijo que iba a soltar al perro, pero pensé que iba de farol... Supongo que fue a los pajaritos, pero... No seríamos los primeros del barrio en mudarnos al otro, ¿no?

No dije nada.

—¿Lo conseguiste?

—Pinté algo —dije—. Pero estaba tan nervioso que no sé ni qué.

—Mañana avisamos al Maxi y que lo vea desde la colina.

Y ambos, como de común acuerdo, para descargar la tensión, nos pusimos a pegar voces como cavernícolas, brotó de nuestras gargantas un alarido de fieras alegres. Alber aceleró a tope, y así fuimos durante un minuto, gritando felices, victoriosos, dejando que el viento nos acariciara y las estrellas nos desearan.

33

Alber, con su bañador tipo bermuda y su camiseta con el símbolo anarquista y su gorrita de béisbol puesta al revés, miraba al suelo, compungido o avergonzado. Cogí un canto y elegí como blanco un bote oxidado. Tonc, sonó. Tiré otro, y en esta ocasión erré.

—¿Y para eso nos habéis hecho subir hasta aquí?

Estábamos en el promontorio desde el que se dominaba la finca de don Vicente. La tapia de lo que iba a ser el jardín estaba muy avanzada. La fachada norte, la que yo había pintado, estaba impoluta.

—Hicimos la pintada —dije por enésima vez.

—Ya, claro —se mofó el Tasio—. Pero las pintadas invisibles no contaban, chaval, ¿no te lo dijimos?

—La hicimos —insistí—. La han limpiado de madrugada, o han pintado encima. Si hubierais aceptado venir a las nueve, y no a las doce...

—¿Y por qué tenemos que creerte? —me interrogó el Maxi.

—Porque yo no miento. Soy un hombre de palabra.

—¿Un hombre de palabra? En todo caso un niño de palabra, un mamoncete —se burló el Tasio.

Lancé otra piedra al bote, y sonó TONC, mucho más fuerte que antes, porque la había tirado con rabia.

—Verás —dijo el Maxi—. Puede que bombardearais la choza, y puede que no. A mí me la trae floja, el caso es que no hay pintada, que hemos subido hasta aquí con un lorenzo de narices, y que no hay pruebas, como para madrugar, encima. Además, ¿quién es hoy día tan tontobaba como para ir creyendo en el honor de los demás? Si yo te dijera a ti que la hicimos nosotros, ¿me creeríais?

—Yo, desde luego, no —intervino Alber.

—¿Ves? ¿Te coscas? Copito de Nieve nos da la razón —dijo el Cenutrio.

Alber no dijo nada, pero yo sí.

—Copito de Nieve tu padre, chaval.

El Cenutrio adelantó un par de pasos hacia mí. Desde lo de la pelea que interrumpió mi hermano me tenía ganas. Así con fuerza la piedra que sostenía en la mano, y lamenté no haber cogido una más grande. Para el bote era suficiente, pero quizá no para la cabeza dura del Cenutrio.

—Eh, eh, eh —nos apaciguó el Maxi—. Ya basta. Qué pena que para ayudar al Volteretas no fueras tan valiente, Cenutrio.

—Tú tampoco te mojaste.

—Hicimos una apuesta, cada uno lo intentó a su bola, ¿no? —el Maxi ignoró las palabras del Cenutrio, porque no tenía nada que esgrimir: él tampoco había echado una mano al Volteretas—. Bueno, pues empatados, y ya está. El Volteretas tiene la cara así, como una berenjena, y encima, diez papeles que nos sopló la Reme. Vosotros no habéis tenido bajas en combate, pues mejor. Y dale las gracias a tu hermano de parte del Volteretas.

Se alejaron unos metros.

—Corristeis como conejos —dije a sus espaldas.

—¿De los que se cazan así, o de los que se cazan asá?

Maxi acompañó sus palabras con el correspondiente gesto. Se rieron groseramente, y continuaron alejándose. Pronto les perdimos de vista. Me acerqué a Alber, que me dio la espalda. Le cogí del brazo e hice que se volviera. En su rostro había una lágrima.

—¿Por qué lloras?

—Se me ha metido un mosquito en el ojo.

—Ya. ¿Es por lo de Copito de Nieve?

Mi amigo se enjugó la lágrima con el dorso de la mano.

Recientemente había leído que Copito de Nieve se despertaba todos los días alrededor de las siete y media de la mañana, bostezaba y se quitaba las legañas. El reportaje decía que tenía los ojos tan azules como Paul Newman, y que él lo sabía. Una vez abrazó tan cariñosamente a uno de sus cuidadores, que le rompió varias costillas. Si hay amores que matan, es lógico que haya cariños que al menos lesionen. Copito de Nieve es un *ngi nfumu*, un gorila blanco. El agricultor fang que lo encontró en 1966 se llamaba Benito Mandyé. Por aquel entonces, Copito de Nieve tenía treinta años y la fuerza de cinco hombres. Treinta años de un gorila equivalen a unos setenta de un ser humano. Cualquier día se moriría, como Chu-Lin, el panda del zoo de Madrid, y nos daría otro disgusto.

—No me han visto llorar, ¿verdad?

—No creo. Has disimulado bien.

—Que me veas tú me da igual, porque tú nunca me lo vas a llamar. ¿Sabes? Este mundo es tan perro que más vale esconder nuestros puntos flacos.

A mí, desde que teníamos a Charli, me molestaba que la gente se insultara llamándose perro, o que se dijera eso de mundo perro. ¿Qué culpa tenían ellos? Pero me callé, porque a lo mejor decir eso quedaba de lo más infantil.

—Bueno, vamos a la piscina, que aquí nos vamos a asar.

Las entradas para la piscina las comprábamos en bonos de diez, porque salían más baratos. En casa no sobraba el dinero, pero vivíamos dignamente, y para eso nunca faltaba. Nuestra madre decía que, a nuestra edad, y a cualquier edad, nadar era sanísimo. Los fines de semana la piscina se llenaba tanto que no había quien nadara, pero el resto de los días estaba más despejada.

Caminamos en silencio, hasta que Alber lo rompió.

—Entonces, pusiste lo de Sira, ¿no?

—Ya te lo he dicho.

No me apetecía volver a mentir.

—Y lo de la droga, pero primero lo de Sira, ¿no? Más grande, ¿no?

—Que sí, plasta.

No me gustaba mentir, pero todavía menos discutir. Además, ¿qué más daba? Lo habían borrado, ¿no? Nadie lo había visto, ¿no? Pues entonces. Que Alber se quedara contento.

—Somos los campeones morales —dijo Alber.

Un rebaño de ovejas venía hacia nosotros, y todo aquello, los cencerros y los balidos y las carreras del perrillo para que no se descarriaran, y los gritos del pastor, todo, al igual que al Maxi lo de un hombre de palabra, me sonó a mí a un tiempo pretérito y perdido.

34

Mi hermano y yo habíamos ido a llevar la comida a Charli, consistente, en esta ocasión, en arroz y carne de lata. Siempre la devoraba en cuestión de segundos, engulléndola sin masticar. Cuando hubo comido, le soltamos. Mi hermano había encendido una hoguera. Una vez que los palos que había echado se habían convertido en carbón, sacó uno, y lo machacó sobre una piedra plana.

—Vamos a hacer pólvora —me explicó.

Me mostró dos bolsitas, una con un polvo amarillo, azufre, y otra con unas pastillas blancas de clorato potásico, que también machacó. Mezcló las tres sustancias, y con el polvo oscuro resultante, hizo un reguero de unos diez metros de largo y un dedo de ancho. Semejaba una diminuta carretera de asfalto.

—A ver qué tal funciona.

Con un palo de la hoguera cuya punta era una brasa, lo prendió. Sonó fush, y Charli, que estaba olisqueando el reguero unos metros más allá, brincó, sobresaltado. En pocos segundos, la llama llegó hasta el otro extremo de la línea, y se extinguió.

—¡Has hecho pólvora! —me admiré.

Charli ladraba asustado.

Recorrí el reguero. El olor de la pólvora quemada me inundaba. Ahora, los libros de aventuras que leía, de indios, bereberes y piratas, tenían su propio olor. Un escarabajo, que estaba cruzando la línea en el momento en que mi hermano la había encendido, se había quedado inmóvil, gris, petrificado. Lo recogí cuidadosamente y lo puse en la palma de mi mano, fascinado. Se lo mostré a mi hermano.

—Mira —dije—. Cruzaba justo cuando encendiste la pólvora.

—Pobre —comentó con cierta sorna—. Supongo que puede considerarse como una especie de accidente de tráfico.

—¿Para qué la has hecho?

—Un experimento —contestó—. Me voy. ¿Atas tú a Charli?

—Sí. ¿Dónde vas?

—He medio quedado con Risa.

—Mañana cantas en La Sirena, ¿no?

—Sí.

—Mañana es la inauguración del chalé de don Vicente. Han invitado a mamá y papá, pero los mariscales de campo pasan.

—Ya —dijo, marchándose.

Se volvió.

—Eh, y no creas que me olvido de que también es tu cumpleaños...

Me quedé todavía una hora jugando con Charli, que estuvo un rato venteando con una pata delantera doblada, y siguiendo un rastro. Como no encontró nada, me quedé con las ganas de saber qué buscaba. Al regresar, me topé con Sandra y unas amigas, que estaban de charleta, sentadas en un banco. Eran como grillos, cri, cri, cri, y en cuanto te acercabas, se callaban, y en cuanto te alejabas un poco, otra vez, cri, cri, cri, igual que grillos, me ponían de los nervios. Y allí, en medio de todas, estaba la tonta de Sandra, cri, cri, cri, que me miró muy chulita, como desafiante, la muy creída, como si a mí me gustara. Sí, hombre, iba a mí a gustarme, ¿de qué? Que se multiplicara por cero, como si no tuviera yo otras cosas en qué pensar, no te fastidia...

35

Desde la colina, cuerpo a tierra para que no se nos distinguiera, Alber, mi hermano y yo observábamos la fiesta de inauguración del chalé de don Vicente. Había empezado a las ocho de la tarde, y paulatinamente se había ido llenando de coches, de gente con trajes y vestidos elegantes, de risas, entre las que constantemente maniobraban camareros con bandejas de canapés y cócteles, y cuyos ecos, mezclados con la música, nos llegaban desvaídos, borrosos, débiles como el llanto de un niño cansado ya de tanto llorar, el llanto de un niño que no se acuerda de por qué llora, pero que persiste en su lloro. Aquella tarde sí, mi hermano nos dejaba los prismáticos cuanto quisiéramos, y yo me preguntaba, intrigado, cuál sería el regalo que me había prometido, porque había venido sin nada, y me había asegurado que me lo daría allí mismo.

—Son las nueve —observó Alber.

—A las once y media actúo en La Sirena —dijo mi hermano—. Ahí te daré mi segundo regalo de cumpleaños. Cumples quince, ya eres casi un hombre.

Me sonrió. No me pude contener por más tiempo, y pregunté:

—¿Mi segundo regalo? ¿Y el primero? ¿Lo has olvidado? No has traído nada.

—Hombre de poca fe... ¿Realmente crees que me he olvidado?

Negué con la cabeza.

—¿Lo llevas en la Rieju?

Esta vez fue él quien negó.

—¿Os acordáis, la paliza que le metieron al Volteretas? La vimos desde aquí. Éste ha sido nuestro centro de reunión este verano, donde nos reuníamos los capitanes...

A mí me encantó lo de los capitanes, porque me hacía soñar con proezas y epopeyas, con actos heroicos y generosos.

—El Maxi y compañía se equivocaron en muchas cosas, y una fue en llevar como cebo a la Reme. Al Lobo Rosario quien le gusta es Risa, ¿no lo sabíais? Lo cual —se quedó unos instantes pensativo—... no me hace ni pizca de gracia, porque quiere decir que tengo un gusto parecido al de ese cerdo, en cuestión mujeres... Pero no, él verá en Risa otras cosas, sólo la superficie, sólo la carne y nada del espíritu... Bueno —prosiguió, reconfortado por la última reflexión—, el caso es que Sira le distrajo en el bar del Seispesetas, y llegó tarde al relevo... Tuve veinte minutos la casa a mi entera disposición, para mí solito... Y éste es tu regalo.

Me enseñó una cerilla. Yo no entendía nada. ¿Iba a encender una vela de una tarta de cumpleaños?

—Mejor hacerlo con luz todavía, para que ellos no lo vean antes de tiempo... ¡Atentos!

Prendió el fósforo. Un golpe de aire lo apagó. Alber se llevó la mano al bolsillo.

—Tengo un mechero —ofreció.

Desde que la Reme nos había pedido fuego, Alber

llevaba siempre un mechero, por si alguna vez Sira lo necesitaba. Decía que en los amores platónicos hay que estar constantemente preparados para cualquier emergencia. Hay gente a la que esas cosas le hacen gracia. A mí me producían una cierta melancolía.

—Está sin estrenar —agregó Alber, al ver que mi hermano dudaba.

—Gracias, pero no hace falta —repuso el chico que imitaba a Roberto Carlos, y prendió un segundo fósforo.

Le miramos hipnotizados. Se irguió, bajó unos cuantos metros por la pendiente, se inclinó... Y entonces, una llama y una columna de humo y un silbido de serpiente empezaron a correr ladera abajo, hacia el chalé de don Vicente, y el olor de la pólvora me embriagó de alegría. Regresó en cuatro zancadas, y se tumbó a nuestro lado. Los tres mirábamos alucinados la carrera de la llama, y me hubiera gustado correr junto a ella, animarla para que no se detuviera, para que no se apagara, decirle, corre, corre, vuela...

—¿Qué va a pasar? ¿Va a saltar todo por los aires?

—¿Has enterrado un barril de pólvora?

—¡No seáis bestias! ¿Veis el cobertizo? Si todo sale bien, la llama prenderá la pared, porque la he cubierto con un papel pintado de blanco, y debajo aparecerá la pintada.

La llama corría que se las pelaba, corría como un cometa, como una liebre, serpenteaba, seguía todas las ondulaciones del terreno, como mi mano cuando acariciaba el lomo de Charli, silbaba y humeaba e impregnaba el aire de olor a pólvora quemada, y Alber y yo, nerviosísimos, empezamos a palmotear y a suplicar, venga, venga, no te pares, a animar a la llama como si fuera un caballo de carreras, un galgo de carreras, un señor de carreras, cualquier cosa de carreras que nos pudiera oír, corre, corre, vuela, vuela, y no en ese momento, demasiada emoción, demasiados nervios, pero sí luego, comprendí que mi hermano había escogido el cobertizo, y no alguna de las fachadas, porque estaba apartado y así había más probabilidades de que nadie hubiera pisoteado el reguero y dispersado la pólvora. De pronto, al entrar en la finca por una de las puertas enrejadas, la llama se dividió en tres, que siguieron avanzando en paralelo.

—¿Y eso? —pregunté, chillando sin darme cuenta.

—Tres regueros para que haya más posibilidades —dijo mi hermano—. ¡Un tridente de fuego! ¡Neptuno!

Y entonces caí en que él estaba tan excitado como nosotros.

Las llamas quedaron ocultas por el muro, y cuando volvieron a hacerse visibles, solamente dos sobrevivían.

—¡Ya está, ya está! —Alber gritaba exaltado.

—¡Corre! ¡Corre!

La segunda se apagó. Alber y yo nos mordimos las uñas. Creí que me ahogaba. Un invitado señaló hacia allí, llamando la atención del resto... Y la llama llegó hasta la pared blanca del cobertizo.

—Ya está —suspiró mi hermano.

—Se apagó —dije, derrotado.

Hubo tres segundos de suspense, y súbitamente, una llamarada se elevó sobre la pared, que comenzó a arder. Nació, creció, se desarrolló un gran revuelo entre los invitados, y varios se acercaron allí, andando muy deprisa, sin decidirse a correr, quizá porque iban muy elegantemente vestidos y no querían mancharse de polvo, o porque estaban muy viejos o gordos. Enfoqué el cobertizo con los prismáticos. Cuando el papel se quemó del todo quedaron a la vista unas letras que decían: ¡DROGAS NO! ¡VIVA LA VIDA! SANTOS, LANAS, NO OS OLVIDAMOS.

—Bueno —dijo mi hermano—. Mejor vámonos antes de que empiecen a preguntarse de dónde ha venido la serpiente de fuego. Además, tengo que ducharme y cambiarme.

Bajamos corriendo la loma, y nos subimos los tres en la Rieju. En la carretera, nos separamos.

—Nos vemos en La Sirena —se despidió mi hermano.

Alber y yo no pronunciamos palabra. Todavía estábamos mudos de asombro.

36

Os gusta ir bien vestidos, todo aparentemente en orden, gran corrección, y de repente llevar, por ejemplo, un cordón deshilachado, o un calcetín con un agujero, o una camiseta con un zurcido de lo más chapucero hecho por ti? A mí sí, porque me parece que ésa es la verdadera elegancia, la que no es total, la que deja un resquicio al desorden y la fantasía, a la pobreza y la pasión y el imprevisto, y pensaba, quizá con demasiados pájaros en la cabeza, que si alguna vez me encontrase a una chica así, me enamoraría de ella, perdida y automáticamente. Mi hermano estaba orgulloso de su chaqueta, de su aspecto, de su camisa blanca planchada y replanchada por nuestra madre y de su clavel en el ojal, y era evidente que todo el mundo, al verle, le envidiaba o admiraba por su porte. Me agarró del brazo y me guió a un lugar apartado, cerca de un bafle y de los servicios.

—Mira mi dedo —dijo.

Tenía la mano metida en el bolsillo de la chaqueta, y un dedo, tras atravesar el bolsillo y el forro, asomó en el aire.

—¡La de juegos florales que he hecho yo con este dedo sin que nadie lo advirtiera!

No entendí a qué se refería con eso de juegos florales. Iba a preguntárselo, pero los de la organización le reclamaron y tuvo que irse.

Todo el mundo se había dado cita en La Sirena, para presenciar el concurso de imitadores. Además de Roberto Carlos, actuaban Héroes del Silencio, Mecano, la Pantoja, los Beatles, Ketama y muchos más. En la terraza, unos focos hacían cabriolas y pintaban de luz el cielo, y en la entrada, la figura de la sirena de piel azul, secándose con una toalla roja, mostrando un pecho pálido, casi blanco, resplandecía como nunca. Alber y yo éramos menores, pero, dado que se trataba de una ocasión especial y cantaba mi hermano, los porteros habían hecho la vista gorda. Aun así, cuando pedimos unas cervezas, nos dijeron que nones. Había mogollón de gente de todas las edades, porque, aunque en días normales jamás fueran, en esta oportunidad habían concurrido los padres y hasta los abuelos y otros familiares de los concursantes. Nuestros mariscales de campo no habían ido, porque mi padre tenía dolores en la pierna, y mi madre se había quedado a acompañarle. Vi pululando por allí al Maxi, al Curri, a Nati, a Sandra, y a muchos más. Me crucé con el Lobo Rosario, y su mirada no me gustó un pelo, pero eso no tenía nada de particular, porque su mirada de mala bestia jamás me gustaba. Tenía los ojos vidriosos, y pensé que ya llevaba puesta la borrachera. Exhibía un pómulo hinchado y amarillento, del puñetazo cortesía del Cafre. También estaba Sira. Cuando tocaron los que copiaban a Héroes del Silencio, varios mayores cabecearon para expresar su desacuerdo, y cuando le llegó el turno a la Pantoja, lo mismo de lo mismo, pero esta vez, los jóvenes. Mi hermano actuaba en sexto lugar, a continuación de uno que imitaba a Julio Iglesias, y que no debía de ser malo del todo, porque había ganado un premio en Villaverde. Un hortera con el pelo cardado y dentadura brillante, siempre sonriente, que a saber de dónde le habían sacado y cuánto cobraba, hacía las presentaciones. Su cara me sonaba, a lo mejor de la tele. Los terceros fueron los Beatles, que tocaron aceptablemente *All my loving* y *Hey, Jude*. Después vino María del Monte, gorda y con peineta. Cantó dos sevillanas. Con la primera cosechó aplausos, y con la segunda abucheos y aplausos y gorda y guapa a partes iguales. Menos mal que no interpretó una tercera. Cuando estaba finalizando la segunda, mi hermano me cogió del brazo. Parecía muy excitado.

—¿Has visto a Risa?

—Sí.

—Nunca hagas caso de una mujer cuando habla de amor, nunca la creas... ¡Que al menos lo que yo he sufrido te sirva a ti de lección! ¡Ella me decía que no me quería, me lo decía con palabras, pero con su actitud me mostraba lo contrario, y yo, tonto de mí, desgraciado, imbécil de mí, creí a su lengua y no a sus ojos! ¡Estúpido!

Mi hermano casi me daba miedo, temblaba, me apretaba con fuerza el brazo, su mano convertida en una garra, y de no conocerle, hubiera pensado que estaba loco de atar. Una palidez mortal, acentuada por una luz blanca que le daba de lleno en la cara, cubría su rostro.

—Las mujeres mienten en el amor, qué pena no haber tenido un hermano mayor que me lo enseñara —ahora me asía de los hombros al pronunciar esas palabras, me clavaba los dedos—, siempre se guardan una carta, jamás se exponen al viento y a la marea, al trueno y a la lluvia, siempre dejan abierto un sendero de retirada, la posibilidad de negarlo todo, porque, entérate, no hay nada que más avergüence y humille a una mujer que no ser correspondida, ni venganza más dulce que pagar con la misma moneda... Ella me quería, y yo no me di cuenta a tiempo de cuánto la quería yo, y luego respeté sus palabras, la creí, y ahora por tonto, por inocente, mírame, he sufrido como Charli... Como Charli antes de que le recogiéramos...

La luz blanca que bañaba su rostro había comenzado a dar vueltas, junto con otras, y sobre su cara alucinada giraban a velocidad de vértigo lunares blancos y verdes, y pensé que así era como giraba el mundo, rápido y enloquecido.

—Pero —prosiguió, repentinamente mucho más calmado—, esta noche voy a decírselo a las claras delante de todo el mundo, voy a renunciar a ganar este concurso, total, qué me importan las pelas... Quiero que sepa que desde hace un año vacío mi corazón por las mañanas para poder llenar el suyo por las noches...

Un hombre con esmoquin posó suavemente su mano en el hombro de mi hermano.

—Eh, chaval... Vete preparándote, que el siguiente eres tú.

En el escenario, el imitador de Julio Iglesias había empezado a cantar, *Hey, no vayas presumiendo por ahí, diciendo que no puedo estar sin ti...* Mi hermano me miró con su mirada tan limpia, momentos antes enfebrecida, y aflojó la presión de sus dedos.

—La primera va por ti, hermano... Tú eres realmente más cierto en horas inciertas...

Se fue, acompañado por el tipo del esmoquin. A mi lado, dos hombres se pusieron a hablar de la fiesta de don Vicente, y dejé de prestar atención al cantante. Al parecer, al descubrirse la pintada, se había montado un escándalo terrible, y casi todos los invitados habían abandonado la recién estrenada mansión, ante la desesperación de don Vicente, que había llegado a perder la compostura y proferir horribles amenazas. Había despedido al Lobo Rosario, y el Lobo Rosario se había ido jurando venganza. El jefe de policía había prometido que se abriría una investigación.

—Palabras —dijo el hombre que escuchaba, escéptico.

El alcalde había asegurado que la recalificación de los terrenos por la que don Vicente llevaba porfiando dos años no se realizaría hasta que un español llegara a la luna, y yo pensé que eso sería sin contar a López-Alegría.

—A don Vicente se le van a poner las cosas cuesta arriba, a partir de ahora —concluyeron.

Vi a Alber, y le conté lo que había oído. No comentó nada, pero sus facciones dejaron traslucir la satisfacción que mi información le producía. A nuestro lado pasó Sira. Llevaba una falda de vinilo, se había pintado los labios y estaba realmente bonita. Alber también la vio, y por un momento una sombra de tristeza planeó sobre su rostro. Entre sus dedos vi el mechero que últimamente llevaba siempre. En ese momento mi hermano subió al escenario, micrófono en mano. El del pelo cardado empezó a hacer la presentación.

—Tú vas a cantar como Roberto Carlos, ¿no? Ritmo brasileiro...

Y el presentador hizo un bailecito grotesco.

—Sí —respondió lacónicamente mi hermano, sin reírle las gracias.

—Pero no llevas el pelo como él, lo llevas mucho más corto.

—Bueno... Supongo que él también lo llevó corto alguna vez.

—Es un hándicap para el concurso no imitar en todo, peinado, estilo, vestir, gestos, etcétera, al cantante o grupo imitado...

—En realidad, no imito a nadie... Solamente canto sus canciones —se veía que mi hermano estaba ya harto del del pelo cardado, y que no veía el momento de sacudírselo de encima—. Y si gano, quiero ganar con mi voz, y aquí, sobre el escenario, no en una peluquería tan hortera como la suya...

Al del pelo cardado, se le torció su sempiterna sonrisa, y yo, si no hubiera sido por la tensión del momento, me habría echado a reír. Mi hermano dio la espalda al presentador, para no darle oportunidad de replicarle, y dijo:

—Hay aquí un chaval que hoy cumple quince años, así que ya le queda muy poquito para ser un hombre, un suspiro o dos... Por él yo daría un brazo, y sería un manco feliz... Por él yo daría la vida, y sería un muerto feliz... Va por ti, hermano...

La orquesta empezó a tocar *Amigo*, y me puse a llorar como un tonto.

Alber me miró con expresión interrogante.

—Se me ha metido un mosquito en el ojo —dije.

Mi hermano estaba tranquilo, al menos aparentemente, y empezó a cantar, con una voz serena y profunda, segura, *Tú eres mi hermano del alma, realmente el amigo*, y toda la gente empezó a escucharle con atención, en parte por su voz y en parte por su buena pinta, y también por haber dado un chasco al plomo del presentador, tan empalagoso y tan perfumado, y por haber dicho que él no imitaba a nadie, que él sólo cantaba un par de canciones que le gustaban, y cuando alguien de entre el público gritó: ¡Baboso!, los que estaban alrededor le hicieron callar, *aunque eres un hombre aún tienes alma de niño*, miré a Alber, y vi que también Alber disfrutaba de aquel momento, a pesar de que fuera un tipo de música que le horrorizara, de la belleza de aquella rara ocasión, y quise compartirlo con él.

—Alber, él me la dedica a mí, y yo a ti. Este verano hemos sido los capitanes...

Alber se removió, incómodo.

—No estés tan seguro.

—¿Por qué?

Nos miramos directamente a los ojos, y tardó unos segundos en hablar.

—¿Recuerdas, cuando los punquis? Yo sabía que te iban a cascar, porque yo avisé a mis colegas, a los punquis, y tardé en aparecer para asegurarme de que no estuvieran los otros, llegué tarde porque tuve miedo. ¿Sabes? Es por el pendiente, siempre me da miedo que me desgarren la oreja...

Recordé el desprecio que había sentido cuando el Maxi y los suyos huyeron sin socorrer al Volteretas, recordé cómo había salido en defensa de Alber en más de una ocasión, y ese desprecio por Maxi y los suyos lo trasladé a Alber y a su patética disculpa del pendiente, y me dio un bajón.

—Me abandonaste —dije, desilusionado, y olvidándome por un momento de la actuación de mi hermano—. Me abandonaste sabiendo que yo me la jugaba por ti...

Me di la vuelta, y sentimientos contradictorios se apoderaron de mí. Por una parte, era justo reconocer que Alber podía haberse callado, y sin embargo, había optado por confesar su cobardía, lo cual le hacía valiente. Pero, por otra, me sublevaba que, sabiendo que yo había ido a defenderle, él me hubiera fallado, se hubiera demorado tanto en decidirse a dar la cara por mí, me parecía indigno y mezquino, propio de peña como el Cenutrio y el Tasio, pero no de gente legal como nosotros. Mi hermano seguía cantando, mirando hacia el público, mirándome a mí, *Me dices verdades tan grandes con frases abiertas, tú eres realmente más cierto en horas inciertas*, y me olvidé de Alber y me concentré en mi hermano, en mi segundo regalo de cumpleaños, y me maravilló que él, tan reservado, tan poco dado a las efusiones, tan callado, me abriera su corazón de esa manera tan franca, tan definitiva, aunque para ello hubiera tenido que usar aquel momento, aquellas palabras que no eran suyas, pero de las que se apropiaba momentáneamente al cantarlas. Terminó la canción, y como era costumbre en La Sirena, silbidos y aplausos se mezclaron en el aire.

—Bueno —intervino el presentador, picado por lo de antes, intentando boicotear a mi hermano—, esperemos que la segunda se te dé mejor, porque estás un pelín nervioso, chaval, pareces un flan, y esta...

—La segunda canción también va dedicada a alguien muy especial para mí —dijo mi hermano, cortándole—. Sira, va por ti...

Mi hermano hizo un gesto a la orquesta, y empezaron los acordes de *El gato que está triste y azul*. Busqué a Sira con la vista, y la localicé, rodeada por sus amigos, todos muy enrollados, con melenas o coletas y pendientes en las orejas, o en la nariz, y dos de ellos con tatuajes en los brazos, y sus colegas empezaron a pitorrearse ya descaradamente de mi hermano, porque estaban celosos, a ulular y a intentar reventar la actuación, a gritar blando, hortera, nenita, y cosas por el estilo, pero mi hermano siguió cantando, impertérrito, sobreponiéndose con su voz a quienes le abucheaban, *las rosas decían que eras mía, y un gato me hacía compañía, desde que me dejaste, yo no sé por qué*, parte del público cercano a los alborotadores comenzó a decirles que se callaran o se fueran, y Sira se separó de ellos un par de metros. Mi hermano elevó la voz y de nuevo se sobrepuso a todos, *el gato que está en nuestro cielo no va a volver a casa si no estás, lo sabes, mi amor, qué noche eterna, presiento que tú estás en esa estrella*, yo escuchaba emocionado, y me parecía que su voz era hermosa y viril y que nunca había cantado tan bien, con tanto sentimiento, el presentador le miraba desde un borde del escenario con los brazos cruzados, en actitud despectiva, pero nadie le prestaba la más mínima atención, todos estaban pendientes de mi hermano, oí unos gritos histéricos, de admiradoras, de niñas, temí descubrir a Sandra, pero no, eran dos desconocidas de mi edad, aproximadamente, que se tapaban la cara, y nuevamente me centré en mi hermano, en su interpretación, *el gato que está triste y azul nunca se olvida que fuiste mía, mas él sí sabrá de mi sufrir, porque en mis ojos...*, y entonces, casi la mitad de los asistentes, gritamos, *una lágrima hay*, miré a Sira, y vi que, aunque en sus ojos no había ninguna lágrima, estaba radiante, y miraba a mi hermano sonriendo, con una sonrisa muy bella, porque no respondía a algo concreto, accidental, pasajero, sino que nacía de dentro, de su alma, *querida querida, vida mía, reflejo de luna que reía*, y entonces se paró, dejó que la sorprendida orquesta siguiera con la música, y dijo:

—Risa, me da igual ganar esto... Lo que quiero es ganarte a ti...

Mi hermano lanzó hacia Sira el clavel de su chaqueta, bajó del estrado y empezó a abrirse camino entre el público, y Sira le esperaba, resplandeciente, embargada de felicidad, y entonces vi que también el Lobo Rosario se abría paso hacia Sira, apartando a la gente de mala manera, a empujones, y también yo me dirigí hacia allí, y empecé a gritar, cuidado, Sira, cuidado, pero nadie me oía, únicamente los que estaban muy próximos a mí, que me miraron como si estuviera loco, y los tres llegamos casi a una hasta Sira, el Lobo Rosario por la espalda, mi hermano de frente, con los brazos abiertos, sonriendo, y yo por un costado, y vi que el Lobo Rosario blandía una navaja, y llegué justo a tiempo y empujé a Sira, que cayó y quedó a salvo, tapada por otras personas, y entonces el Lobo Rosario se revolvió contra mí, ciego de ira, de celos, de ganas de matar, como un jabalí herido, como un perro rabioso, así era el Lobo Rosario, que ahora se pudre en la cárcel, la gente se apartó, dejó un espacio vacío, algunas personas tropezaron, se cayeron, y en la confusión de aquellos cuerpos aterrorizados que pataleaban y se arrastraban desesperadamente en la oscuridad, creí ver un reflejo del infierno, y en el semblante del Lobo Rosario, un retrato del mismísimo demonio, que me miraba, que me sonreía malévolamente, ¿sabes, quillo?, me decía, escupiendo las palabras, completamente borracho, ¿sabes, quillo, que los lobos se comen a los halcones?, y yo le escuchaba decir eso y era incapaz de moverme, como en una pesadilla, mis músculos agarrotados, mis pies clavados a la terraza de la discoteca como estacas en el campo, y cuando su mano avanzaba hacia mí, prolongada por un destello de odio y de metal, el cuerpo de mi hermano se interpuso entre nosotros, y recibió dos, tres navajazos, hasta que alguien de seguridad sujetó el brazo del Lobo Rosario, y entre dos maromos le obligaron a soltar el arma y le sacaron a golpes, Risa chillaba histérica, se tiraba de los pelos, gritos de espanto y horror se mezclaron con la música de la canción que el chico que no imitaba a Roberto Carlos había dejado a medias, y le sujeté por las axilas, se caía, y poco a poco, con sumo cuidado, delicadamente, le deposité en el suelo, dos hombres empezaron a apartar a la gente, fuera, fuera, tiene que respirar, decían, dos mujeres se llevaron a Risa, que seguía chillando, ¿quién es?, oí a mis espaldas, y una voz femenina, de señora, contestó, es el chico ese, ¿cómo se llama?, sí, hombre, el hijo de la Rocío, el chico que imitaba a Roberto Carlos, hombre, le han matado, pero no le habían matado, todavía estaba vivo...

—¿Por qué? —le pregunté.

—Es justo —dijo, entrecortadamente—. Es justo que yo muera antes que tú, puesto que soy mayor...

Él sonreía. Era yo el que lloraba, y recordé lo que había dicho, no hacía ni cinco minutos: por él yo daría un brazo, y sería un manco feliz... Por él yo daría la vida, y sería un muerto feliz...

—¿Viste a Risa? ¿Viste cómo me miraba? Me quiere...

Sentí que iba a morir, y me pregunté si él también sentía lo mismo. Cuando se lo llevaron, seguía sonriendo.

—Diles a papá y a mamá que no me duele nada...

Y entonces pensé que sí, que él también pensaba que iba a morir.

37

Hacía calor, era verano. Era agosto, teníamos todo el tiempo libre que queríamos. Había sido mi cumpleaños, y mi hermano estaba muerto. Tres navajazos y hala, a la caja de pino, al baúl de los recuerdos. El día de la incineración yo odiaba a todo el mundo, menos a mis padres. Odiaba los árboles que se abrazaban a la tierra y los pájaros que acariciaban el cielo. Odiaba las cosas inanimadas, y las que se movían. Odiaba lo que tenía vida, y lo que carecía de ella. Decidí no abrir los ojos durante toda la ceremonia, aislarme del mundo. Estaba en medio de mis padres. Parecían dos viejecitos, y sentí más lástima por ellos que por mí y por mi hermano. No sé por qué, abrí los ojos, y me volví, y por casualidad vi a Sira. Una lágrima, brillante como una gota de resina, escribía una historia de amor en su mejilla, en su semblante, un camino de dolor, y entonces comprendí, cambié totalmente de opinión y comprendí, comprendí que ella no era la mala, comprendí que también ella sufría como una perra abandonada y que ahora sentía que se había equivocado, y comprendí, en fin, que no había culpables, que sólo había errores, y que gente como el Lobo Rosario era un error. Me hubiera gustado acercarme a Sira y besarla en la mejilla, beber esa lágrima, pero pensé que daba lo mismo, que mi hermano estaba muerto y que ya nada sería igual. Cuando pude acercarme a ella, la lágrima ya no existía.

—Hola —me saludó.

Estaba demacrada, como mis padres, como yo. Me abrazó. Se había vestido como para ir a una fiesta. Estaría hermosísima, si no fuera por la mala cara, y en realidad incluso así, con ojeras, estaba muy bella, y supe que habría gente que la criticaría por ello, por la minifalda, pero a mí me pareció muy valiente, y pensé que mi hermano, de verla, se alegraría de que se hubiera puesto tan guapa, y toda de negro.

—¿Abortaste? —pregunté en cuanto nos hubimos separado—. ¿Abortaste de mi hermano?

Creí que se iba a echar a llorar, o que iba a tener un ataque de histeria, como en La Sirena, y en dos segundos me llamé a mí mismo animal mil veces, arrepentido de mi brutalidad. No era mi asunto, y tampoco era el momento, quizá nunca fuera el momento para una pregunta así.

—¿Yo? ¿De dónde te has sacado eso?

—Entonces... —dije—. ¿Qué os pasó?

—Nada —murmuró—. Que nos portamos como niños... ¿Recuerdas en el bautizo, cuando bailaba conmigo, y le pidieron que cantara? Cosas de ésas... Y también...

Enmudeció.

—¿Lo del coche robado? ¿Lo de tu hermano?

Iba a contestar, pero sus facciones se crisparon, y se dio la vuelta, para ocultar su llanto. Se refugió en brazos de su padre, un hombre mayor, bajito, que la abrazó mirando al horizonte, con expresión apenada.

Por ahí andaba nuestro pariente rico. Le reconocí aunque llevara años sin verle. Cuando se despidió de mis padres, me acerqué a ellos. Mi padre estaba como ido.

—Hay que olvidar... —musitaba—. ¿Pero cómo olvidar, si sólo existe el pasado?

Y repitió la última frase tres veces. Yo tenía ganas de llorar, por ellos y por mi hermano, y también por mí: siempre que se llora, es un poquito por nosotros mismos, pero no lo hice, recordando lo que una vez mi hermano me había pedido. Alber me abrazó, sin decirme nada. Estaba tan rabioso que estuve a punto de llamarle Copito de Nieve, pero me contuve.

38

Tardé cuatro meses en volver a ser amigo de Alber. Yo ya tenía quince años, y mi hermano aún tendría dieciocho, aunque le faltaría poco para cumplir diecinueve. Todos esos meses fueron bastante malos, pero ya empezaba a llevarlo mejor. Alber había vuelto a montar una radio pirata, y un día, de chiripa, le escuché. Seguía llamándose a sí mismo el doctor Alber, y otra vez parecía preocupado por el hambre, el desastre nuclear, las drogas y el paro. Del amor, platónico o en cualquiera de sus variantes, ni rastro, y recordé aquello que había dicho mi hermano sobre los amores platónicos, que son como un sarampión que pasa sin dejar huella. Tras criticar el bloqueo económico de Cuba, hizo una pausa, y empezó a hablar del Príncipe. El Príncipe era mi hermano. Decía tantas cosas buenas de él, y todas tan sentidas, que me reconcilié, por eso, y porque una semana más tarde, me lo encontré en la calle, en el mismo sitio donde quedábamos en verano para ir al torreón o a la colina. La colina, donde nos reuníamos los capitanes... Yo había sacado a pasear a Charli, porque mis padres me habían dejado que lo tuviera en casa.

—Eh —me propuso—. ¿Una carrera hasta el palomar?

Comprendí que es malo ser demasiado orgulloso y no saber perdonar, y que un amigo, si lo es de verdad, vale más que un tesoro. Alber se había portado mal aquella vez, sí, cuando los punquis, pero si yo no sabía perdonarle, le perdería para siempre. Y dije:

—Pues claro, ¿qué te has creído?

Y sus ojos me sonrieron con mil chispas.

39

Os gusta ganar una carrera campo a través, ser los primeros en cruzar la meta, los más fuertes? A mí sí, porque sientes que huyes de algo, y que eres joven y fuerte y veloz y que dejas atrás el peligro, o al revés, que te diriges hacia algo y lo vas a alcanzar porque eres libre y salvaje y ágil, y por eso vas a alcanzarlo y nada ni nadie podrá impedirlo, y Alber y yo echamos a correr, con riesgo de torcernos un tobillo y caer de bruces y cortarnos una mano con una lata herrumbrosa o un clavo, y entonces la antitetánica, y no os diré quién ganó, porque eso no importa mucho, lo que sí importa es que empezamos a gritar, como en la 75 de mi hermano después del disparo del guardia jurado, sacando fuera nuestro dolor y nuestra alegría y nuestra fuerza, mientras corríamos como animales gritábamos como locos, como desesperados, como triunfadores, y expulsábamos todo lo que nos había estado atormentando, gritábamos tanto que alguien, en algún remoto lugar, podría haber oído nuestro grito, gritábamos tanto que asustábamos a los pájaros, a los gatos, incluso a Charli, y llegamos jadeando, con la garganta dolorida, riendo y llorando de pena y de felicidad, y aunque no importe mucho quién ganara, os lo voy a decir, porque estoy seguro de que vosotros tampoco os habéis comprado un loro verde, y si no os lo digo yo, y tampoco un loro verde, ¿quién demontres os lo va a decir? No ganó Charli, porque aunque corría más que nosotros dos juntos, nunca se enteraba de cuál era la meta, y al final se despistaba y le adelantábamos, no, esa carrera no la ganó Charli, la gané yo, y aunque Alber siempre lo negara, sospecho que fue porque por primera y última vez me permitió superarle. Nos resguardamos en el torreón, y mientras hablábamos, nos entreteníamos tirando el palo al weimariano, que nos lo traía inmediatamente.

—¿Te gustaría ver una foto de nosotros dentro de quince años?

—Nada —dije.

—A mí sí. ¿Imaginas que te vieras con una gorda sargentona, dándote órdenes?

—O poniéndote los cuernos.

—¿De qué hablaremos con treinta tacos a cuestas? ¿De otras cosas?

—Ni idea. Parecidas, supongo.

—Qué viejos seremos, y nos creeremos jóvenes.

—¿Y cuando tengamos sesenta tacos? ¿De qué hablaremos?

—Ni idea.

—¿Y seguiremos siendo amigos?

Alber tardó un instante en contestar, quizá porque pensaba lo mismo que yo: que ya habíamos estado a punto de dejar de serlo...

—Supongo que sí —resolvió—. Siento que mi hermana se haya puesto a salir con ese caraculo —añadió.

—Bah —dije—. A mí qué. Si se casa, ya sé qué le compraré: un loro verde.

Nos reímos.

Sandra me había gustado, sí, ya era hora de reconocerlo, pero no mucho, un capricho, porque yo no le había gustado a ella. Además, después de lo de La Sirena, aquello me parecía algo que carecía de verdadera importancia.

—Y eso de casarse, tú cómo lo ves... ¿Se lo permitirá su religión?

Volvimos a reírnos.

—¿Qué tal están tus viejos?

—Mejor.

—Voy a hacerles una visita un día de éstos.

—Mañana, si quieres. Ayer estuvo Sira. Hablaron de él. Todos contamos cosas que los demás no sabían. Sira nos enseñó una poesía que le escribió cuando salían juntos. Yo conté el corte que le dio al Alicates, y lo de la pólvora y la pintada. Y mis padres, que cuando tenía tres años y se iban a ir, él salía a las escaleras, y les preguntaba siempre lo mismo para retenerles más tiempo: ¿A que loz caballoz tienen cuatro pataz?, todo nervioso... ¿A que loz caballoz tienen cuatro pataz? Y contamos muchas más cosas... Te oí hablar de él en la radio, ¿sabes?

—Era un príncipe... El único príncipe que yo he conocido...

Sobre nuestras cabezas, unas palomas zureaban, y sus pasitos de aquí para allá arrancaban quejidos a las tejas rotas. Miramos hacia arriba, hacia la ventana. La luna, llena y blanca, o puede que amarillenta y plateada, fría, parecía una novia, y una nube que la acariciaba, su velo. Pero ni Alber ni yo dijimos nada de eso. Yo, porque me dio palo que me llamara cursi, y él, probablemente, porque no lo pensó. Como de común acuerdo, nos pusimos en pie, y salimos a la intemperie. El viejo palomar, a nuestras espaldas, parecía un gigante tranquilo. Una estrella, más azul que las demás, temblaba, respiraba, tenía vida, y yo presentí que mi hermano estaba en ella, mirándonos, y alcé la mano para saludarle, aprovechando un momento en que Alber arrojaba el palo y atendía a la carrera de Charli, y me imaginé que mi hermano también levantaba la mano para devolverme el saludo, hola, hermano del alma, qué noche tan bella.

Índice

MARTÍN CASARIEGO CÓRDOBA

Martín Casariego Córdoba (Madrid, 1962) es licenciado en Historia del Arte por la Universidad Complutense de Madrid. Debutó como novelista con *Qué te voy a contar*. Esta obra fue galardonada con el Premio Tigre Juan de Novela, otorgado por la Fundación de Cultura del Ayuntamiento de Oviedo, a la mejor *opera prima* publicada en España en 1989. En 1992 publica *Algunas chicas son como todas*; en 1995, *Y decirte alguna estupidez, por ejemplo, te quiero* (en esta misma colección, Espacio Abierto) con gran éxito de público y crítica; y en 1996 la novela *Mi precio es ninguno*. Para el cine ha coescrito los guiones de *Amo tu cama rica, Dos por dos* y *Razones sentimentales*. Para televisión ha escrito *La mujer impuntual*, de la serie *La mujer de tu vida*. Ha publicado cuentos y artículos en diferentes periódicos y revistas.

CARTA AL AUTOR

Los lectores que deseen ponerse en contacto con el autor para comentar con él cualquier aspecto de este libro, pueden hacerlo escribiendo a la siguiente dirección:

Colección ESPACIO ABIERTO
Grupo Anaya, S. A.
Juan Ignacio Luca de Tena, 15. 28027 MADRID

Flanagan Blues Band
Andreu Martín y Jaume Ribera

Las cosas le van bien a Flanagan: Oriol Lahoz, un detective
profesional, le ha contratado como ayudante. Su vida
sentimental se ha estabilizado. Pero, de pronto... Un asesinato
aparentemente absurdo. La víctima: el párroco del barrio,
un anciano bondadoso e inofensivo. Resulta totalmente
inconcebible que alguien pudiera tener algo contra él.
Y mucho menos Oriol Lahoz, culpable a los ojos de todos,
incluso a los de Flanagan, quien, sin siquiera darse cuenta,
se ha convertido en «cómplice» del delito.

¿Y a ti aún te cuentan cuentos...?
Félix Teira Cubel

Una broma cruel le descubre a Ricardo que la opinión
que tenía de su madre no se corresponde con la de los demás.
Sólo contará con Andrea, una relación difícil, y con Sela,
su amigo sordomudo. Ricardo comienza a pensar que sólo
con el dinero podrá resarcir a su madre y vengarse de sus
antiguos compañeros. Pero el tiempo y las circunstancias
pondrán las cosas en su sitio. Pronto se verá en una situación
límite, en la que sólo podrá contar con la ayuda
de su amigo Sela y, sobre todo, con la de su madre.

El año sabático
José Ferrer Bermejo

Silvestre, un chico sabihondo y presumido, y su padre, que
tiene el oficio de ladrón, se están haciendo mayores. El padre
decide tomarse un año sabático y dedicarse a trabajar. Ahora
bien, exige que durante ese año también cambie la vida de
Silvestre: que haga deporte, se aficione al rock y salga con
una chica. Después de algún concierto de rock y ciertos
problemas, todo desemboca en un largo capítulo en el que se
narra un partido de fútbol que centra el mensaje de que cada
uno ha de dedicarse a lo que sabe hacer.

Con los animales no hay quien pueda
Emilio Calderón

Terminado el curso escolar, Nicolás Toledano empieza
a colaborar en la agencia de detectives de animales de la
que es socio su padre, un famoso biólogo. Su primera misión
consistirá en encontrar a un chimpancé muy especial llamado
Charlie, cuya fuga se ha producido tras haber presenciado
un crimen frente a su jaula. Gracias a la educadora del
animal, Nicolás descubrirá que el chimpancé sabe
comunicarse por medio del lenguaje de los sordomudos,
lo que le convierte en el único testigo del crimen. A partir
de entonces, ideará, junto con Antón, su mejor amigo,
un original plan para detener al asesino.

Rebelde
Manuel L. Alonso

Eduardo —protagonista de una novela anterior,
El impostor— se ha convertido, tras la muerte de su padre,
en un muchacho solitario y desconfiado, para quien
el mundo sólo ofrece motivos para el pesimismo y la
desesperanza. Sin embargo, en su deambular por distintos
lugares, se encuentra con dos personas, Miguel y Ana, que le
permitirán conocer la amistad y el amor. Su relación con ellos
le ayudará a superar sus miedos y rencores.

Luna Oscura
Meredith Ann Pierce

Jan era el más joven de los príncipes de los unicornios
que se habían conocido. Una media luna de plata en su frente
era la señal que lo identificaba como el legendario portador
del fuego. Pero él no conocía el fuego ni sabía cómo conseguir
ese mágico y místico elemento. Finalmente, encontrará
a los custodios del fuego, que lo retendrán contra
su voluntad. Con ellos descubrirá la magia del fuego
y, lo que es más importante, cómo él mismo puede crearlo.